饒舌な枝たち

前山 奈水
MAEYAMA Nami

文芸社

饒舌な枝たち　目次

饒舌な枝たち

スケルツォ（遁走）

「奥さん、お早うございます」の声と共に「おばちゃん」「おばちゃん」の幼い声に、公園の道路の乾いた落葉を掃き寄せていた貴子は、手を止めて声の方を見た。

二人の幼な子と初老の女性が朝の光の中、住宅地の入口に立っている。

「まあ可愛い、お祖母ちゃまとお出かけ。二人共お幾つ」

すると「僕二つよ」と小さな子が勢いよく指を曲げた手を明るい空に突き上げた。

「まあっ」と思わず彼女は呟き小さな体、爽やかな色合いの服の子供達を見た。

「僕四つよ」と横にいたお兄ちゃんが親指を曲げて、勢いよく腕を突き上げた。

「そうだ四つ」

突然忘れかけていた彼女の四才時の情景を思い浮かべた。

四才の男の子は腕も体も艶々としてか細く勢いがあった。

後年男の子はあの小さな体で祖母と見た公園、桜の花や躑躅《つつじ》の花の通りを思いだすだろうか。

貴子は「私は覚えている。私は唯今九十四才よ」と呟いた。

初老の女性は「奥さん用心して下さい」と労いの声をかけ、最近出来たばかりの幼稚園を見に孫と共に住宅地の坂を下っていった。

家に帰ると貴子は体を伸ばし幼い頃を追憶し始めた。

住吉

住吉は繁華街で賑やかな人々の往来で明け暮れていた。

物心ついた貴子は住吉神社の裏にある松林の側の借家を覚えている。

神社の奥地は静かな松林に面し、お大師さんの霊場があり、早朝から白装束の人達が鈴を鳴らし御詠歌をゆるやかに誦し、石仏の足元に一握りのお米や小銭菓子を供え移動するのを幾度も見ていた。その群に一才の弟和久がよちよちして鳴る鈴に向かって歩みよると「まあ可愛い」と口々に言って老人達は歩みを止め、胸の鈴掛から菓子を取り出し、和久のエプロンのポケットにそれぞれが押し込んだ。

細身の三才の貴子は一才の和久を家に連れ帰ろうと引っ張っても、むちむちした体を凝縮させびくとも動かせない。

「泣きたいのは私の方よ」と心の中で反芻《はんすう》しつつ長時間弟と付き合い家に連れ帰ると「危ないではないか」「人様から安易に物を貰ってはいけない」と父母から叱られた。

三才の子が一才の子の外出に心配して付き添うのを、母は一度も不安を感じていないようだ。

その時間母は何をしていたのか。

貴子は反論出来ずにいた。

彼女は三才ですもの。

ハンモック

一才の和久が昼寝する時間は、貴子の一人遊びの時間です。家の側の松林は玄海の荒々しい浜風に太い幹は低くくねって、風の度松林の針葉を心地よい風音で吹き抜けていった。父は大人用と子供用の二組のハンモックを左右の松の木に結んだ。昭和三年の頃である。

貴子は伸び上がって勢いよく子供用のハンモックに這い上がろうとすると、小さいハンモックの太い糸を幾組も通した左右の木の軸が大きく反転して、小さい貴子の体を地面に叩きつけた。

痛い思いを幾度か繰り返した末に、大人用の父のハンモックに這い上がり、ゆったりと揺れるハンモックに横たわり、松の針葉の先の大空を見上げた。いつしかハンモックの彼女は天と地の狭間、松風に包まれつつ静かな眠りについた。

稽古場

貴子は不思議な箇所を知っている。

住居を感じさせない古い小さな家が、神社の裏手の松林にあった。或る日その家から男達の地を這う様な抑揚のある太い声を聞いた。狭い一枚の入口の戸の、曇った硝子に彼女は鼻をつけて、恐ろしさと心配の気持ちで中を覗いた。灯りのない暗い室内では影絵の様に老人が二人、そろりそろりと入口の松の木に近づいては扇子を開いたり閉じたりして、松の木にくどくどと小言を言い又は反転して急ぎ近づき、更に松の木に小言を繰り返し言うので、貴子は松の木が可哀想に思えた。この松の木は何か悪さをしたのだろうか。長く見ていても貴子は松の木を助ける事が出来なかった。助ける事も出来ないので、貴子はそっと入口の硝子戸を離れた。

彼女はこの事を誰にも告げる事をしなかった。説明が出来ずにいたので。

枕木

或る日貴子が一人遊びをしていると「汽車に轢かれたぞ」との大声に、松林の何処からともなく大勢の男女が広い砂地帯を横切り、鉄道の枕木の廃材で囲った場所に集った。何事か判らぬまま遅まきながら彼女も人々の隙間から覗いた。「若い女性の足がぱんぱんに腫れ上がって遺体と違う方向に置いてある」貴子は轢かれたという意味が判った。事の重大さに大勢の人々の後ろで感情が高ぶっても、泣く事すら出来なかった。

親達の了解を戴かず勝手に走って見に来た事に、彼女は後悔した。彼女は後年になっても人生を中断された人間の悲哀とも言えるこの情景を忘れてはいない。

柳橋

住吉神社の入口の柳橋は魚屋、呉服屋が連なり、人の出入りが激しかった。賑やかで明るい呉服屋の内儀《おかみ》は、母に芸妓が注文した注文流れの夏衣の絽《ろ》を二枚を買わせた。一枚は薄い爽やかな水色の長着に、裾に小さく控えめに水流が品良く描かれていた。後の一枚は茄子紺色の単調な長着である。

汗かきの母は次から次と育児に追われ、二枚の絽の袖を通す事はなかった。母は着る事もなかったが、心の中で品物を持っている事で満足をしていたのだろう。

踏み石

「貴子、家が出来たので見にゆくよ」と祖父の言葉を記憶している。三才の貴子にはそれ以前の母方の祖父や祖母の記憶はない。これ以後彼女達子供が大人になりゆく過程で、大きく助成してくれたこの二人の老人に暖かい感謝の気持ちを持ち続けている。

外出着の貴子は祖父と電車で赤坂に降り、南に貫通する大通りの警固《けご》小学校の近くで枝分かれした道の角に来た。三叉路の角に祖父は大きな二階建の町屋を建てていた。

南に面した入口の硝子戸は間口が広く、ひと部屋分の広い土間になっている。

土間を通り抜けると東側の硝子窓に添って炊事場と風呂場があり窓の向こう側は道を隔てて小学校の運動場が見える。

大工はその炊事場附近で鉋で板を削っていた。家は出来ていたので手直しをしているのであろう。紺の法被《はっぴ》の大工は祖父を見ると削る手を止め挨拶して何かを報告していた。

大工は隙のない中年のいなせな男である。祖父と大工が話をしている間、彼女は高い床へ踏み石をつたって台所から居間や広々とした座敷、階段を一段ずつ上り二階の部屋を見渡した時、初めて木の香に包まれたまぶしい部屋に、祖父が建ててくれた家だと実感した。

チョコレート

転居して間もない夜、母が「貴方達はお座敷に入っては駄目ですよ。これからお客さんが来ますのでお迎えしてね」と言って一才の弟を町屋の帳場の上り口に座らせ、貴子に「貴子さん、この子を見ていてね」と言ってせわしく座敷に入っていった。一瞬襖の間から見えた座敷は明るく食事が色々と盛られていた。祖父達の姿が見えないのは若松に帰ったのだろう。

硝子戸の外が暗くなり、コートを抱えた壮年の男達が一人ずつ子供達に声をかけて座敷に入っていった。遅くなって若い女性が一人慌ただしく入り「遅くなったわ」と呟きながら「僕達はおりこうね」と言いつつ手提げから白い縦長の小さな箱を取り出し、和久の手に握らせ座敷に入っていった。

和久はたじろがず外出の着物を着て丸々とした短い両足を投げ出し座っている。

時のたつ程和久の右手の小箱から説明の出来ない甘い得も言えぬ不思議な香りが立ちこめ、和久は無意識に右手の小箱を破るとなめらかな焦げ茶色の十糎《センチ》程の男の子の人形が出て来た。

和久は甘い匂いにさそわれ思わず人形の頭を口に入れた。口の周りはどろりと焦げ茶色の液が流れ出ている。

貴子も口に入れようと和久の右手を持ち上げたが、ムチムチした腕は凝縮して一才の男の子の腕は持ち上がらない。貴子は両手で力一杯で持ち上げ、すかさず人形の頭をスポッと口に入れた。瞬間口一杯に芳醇で甘い濃厚な液体が広がり貴子は満足した。

再び口に入れようと和久の腕をつかんでも、再び持ち上げようとしても持ち上げる事は出来なかった。

和久は甘味な人形を取られまいと幼児の暖かい指で握りしめているので、人形はみるみる痩せ細り、どろどろに溶けて外出着に流れ始めた。

貴子はあわてて弟から離れ「お母さん」と小さな声で座敷の襖を開けた。

御用聞き

店の少ない警固《けご》に移ると若い御用聞きがお重箱にねっとりと仕上げた小豆の和菓子を

数々入れて、「ご注文は如何ですか」と家に入って来た。

二十才そこそこのほっそりとした青年は鳥打帽子にズボンの上にゴワゴワとした黒又は褐色の長い前掛で神妙に聞きにくる。貴子は「注文してよ」と心の中で願ったが母はていよく断っていた。三時のオヤツには居間の棚の上から亀の甲の鑵から亀の甲煎餅を四枚ずつ出してくれた。

或る日家の前の道路で一人遊びをしていると、青年の御用聞きが「嬢ちゃん、何処か教えて」とよっぽど何処からも注文がないとみえ、三才の貴子に声をかけた。貴子は「お隣りの小母さんはどうだろう」と小さな頭で思案した。

隣りは敷地は狭いが、白い漆喰いの塀の上の瓦が綺麗で、家屋も同じく漆喰いの白壁の造りの家構えに、中年の夫婦が静かに暮らしている。

貴子が人形で一人遊びをしているのを聞いて、綿入れの丹前や掛布団を縮尺で作った可愛い小物を母を通して戴いた。

大丈夫だろうと彼女は安易に考え裏戸をあけて「小母ちゃん、御用聞きが来ているよ」と御用聞きと一緒に台所の狭い入口に立った。白いエプロン姿の小柄な夫人は丁度昼前で昼食用に朝の残りの味噌汁の鍋に御飯を入れ当時は珍しい市ガスの火熱で鍋の中を杓文字《しゃもじ》でこねくりまわしている最中で、鍋の熱が上がる程味噌の匂いが台所に充満し貴子達の胃がふるえた。

夫人は倹約した昼食を人に知られて恥ずかしいと思われたのだろう。いつまでも出てゆかぬ二人に感情を抑える事が出来ず、思わず大声で「あんた達出ていって」と叫んだ。夫人の手元を見ていた御用聞きと貴子は夫人の余りの剣幕に裏口から逃げた。

「注文の返事を待っていただけなのに」

鯉幟り

移転して日の経つうち家の北側の裏庭に、母は高く畝《うね》を作り青々と野菜を作った。疲れを知らぬ母は仕事が早い。日課として祖父は畠の奥に的を置いて弓を射っていたが或る日的の近くに皮を剥いだ杉の若木が建てられ鯉幟りが上がった。鯉は長い鱗身を風になびかせて畑の上で泳いでいる。毎朝鯉を泳がせていたのに、母と祖父が慌ただしく畑の方に行っては二人で話し込み、二人共外に出ていった。夕方二人は疲れた表情で帰って来た。鯉幟りの鯉が二匹逃げたのである。

裏の広い原っぱの風下の集落に母達が鯉幟りの鯉が飛んでこなかったかと尋ね歩いたが、それらしい話も聞かなかった。

鯉幟りの鯉の結い紐がゆるいのか、風が強かったのか、母は後悔し次男が生まれても二度と鯉幟りを上げなかった。

ゼムピン

ひとり人形遊びにあきた貴子は家の前の通りを歩いた。道をはさみ家の前の原っぱは子供の足を掬う程の大きな雑草が一株一株育っている。原っぱには子供達の姿はない。貴子は原っぱの西の集落の子供の声を聞きたいと思った。まだ子供である。

道の両側は下宿屋が並び、低い二階の窓の手摺にもたれた大学生が「何してる」と声をかけた。貴子は何の目的もないので答えられずにいた。上を見上げた貴子は大学生の澄んだ目とのびやかな優しい腕を見た。これが大学生。貴子はこんなお兄さんが家にいたらいいなと思った。大学生は「いい物を上げよう」といったん窓の奥に入り、ひと掴みした掌を手摺からつき出して、掴んだ物を貴子に向けて投げた。

キラキラした物が貴子の足元に落ちて来た。何だろう、霙《みぞれ》の跡の道は泥濘《ぬかる》んで車の轍《わだち》のあとにひと固まりひと固まりと落ちて、泥の中で金属はキラキラ輝いていた。

使いみちを知らぬ貴子はそれでもゼムピンを小さな指先で一枚一枚摘み上げ、掌に一杯になった。

大学生は満足そうに貴子の小さな指の動きを見おろしていた。

貴子は家に持ち帰ると乾いた布で一枚一枚拭いた。

金属は益々キラキラと輝いた。

貴子は一枚一枚並べたり繋いだりして遊び、ついに首飾りが出来た。

ドイツミシン

四つ違いの姉と遊んだ記憶はない。常に幼稚園、学校と外部の行事に参加して昼、貴子と遊ぶ事はなかった。

細っそりとしてつり目の貴子と違って姉の瞳は大きくふっくらとした顔で可愛かった。母は女性としてこのふっくらと可愛い姉に期待していたのであろう。母は貴子の祖父でもある父から買って貰ったドイツミシンで、洋服を色々と作り着せては眺めていた。

製図は巻尺ではなく、母は親指と人差し指を大きく開いて、首の周り、袖ぐり、胸巾を計り、新聞紙に写し、切り取って姉の体に当てて色々と補足して布を裁断するのである。彼女の仕事は早かった。

そう言えば、貴子は突然祖父の言葉を思い出した。貴子の生まれた年の事である。

或る日、母は上役の転勤のお見送りに博多駅に姉を連れていった。見送りに来た人々から姉を可愛いと言って戴き、母は満足していたと思う。

発車のベルの鳴るには少し間があるので、それとなく近況を話し合っている時、後ろから「小母さん達、女の子が若い男に連れて行かれているよ」と叫ぶ声に、一同ギョッと静まりそれから騒いだ。お見送りに連れて来られた数人の子供のうち誰の子であろう。女性達はいっせいに駅の入口から通りに走り出た。

前方の人込みの中を可愛い洋服を着た五才の姉が、若い男と手をつないで歩いていた。

大正十四年の頃である。福岡では女学生の着物と袴の通学服が洋服に切り替わった頃と祖父は話していた。

貴子は常に姉のお下りを着せられた。

小さなバスケット

和久は一才過ぎても襁褓《おむつ》を使った。外出着の母が和久をおんぶして外出する時は、貴子も外出着を急いで着て、大きな褐色の皮袋を下げて母について行った。皮袋の中には幾組もの襁褓と新聞紙、ちり紙が入っていて、和久の財産であった。子供を背負ったどの母親も片手で襁褓袋を下げていたが、貴子は母が大変だろうと思い、外出着を着て皮袋を肩から下げて、母の行く先々について行った。電車に乗っても大人達の間に足をふんばって立ち、レールの切れ目でガタンゴトンと電車が揺れた時は倒れまいと力を込めてふんばった。

皮袋の中の襁褓は臭いが出なかった。

袋は広げると縫い目のない大きな一枚皮の褐色で、縁に小穴をあけ紐を通し絞るのである。布の襁褓袋のそばにいるとぷうんと尿の臭いがしたが、誰も咎める事もない緩和されていた時代ではある。

母は適度に襁褓袋を下げてついて来る貴子、その外色々とお手伝いをする貴子を重宝していたと見える。

時々貴子は、姉が幼稚園児の時に持っていた小さな白い籐のバスケットを受け継ぐものと思っていた。籠の中は少しの菓子、弁当、ハンカチ、チリ紙等々が入れられた。

貴子も姉の様にバスケットを下げて、幼稚園に行けると思っていたのに、五才過ぎて父の転勤先の添田《そえだ》に移った時、幼稚園に通う時代の終わっている事を初めて知った。

体系

或る朝貴子が食卓に坐ると、母が御飯をつぎながら「昨夜遅くお祖父さんの弟が見えられ二階に泊まっていらっしゃるよ。伯父さんは熊本大学の内科にお勤めのお医者様よ」と説明してくれた。「うちにも大学生がいた」貴子は嬉しくて食事もそこそこに二階に上がり、伯父さんの枕元に坐りしげしげと伯父さんの顔を覗き込んだ。

人の気配を感じた伯父さんは勢いよく布団を撥ね除け貴子を迎えた。近所の都会的な大学生と違って素朴で澄んだ目の青年らしく元気があった。祖父とは年の離れた弟である。貴子は日常生活で身内と他人の区別が少しずつ判って来た。

祖父

祖父の日常生活で特に目にしたのは、桐の箱から取り出した精巧な小さな天秤に数種の薬品を計り乳鉢と乳棒で均等に混ぜ合わせ、毎日服用した、胃散である。

祖父が一匙服用する時、貴子も側に坐り「アーン」と口を開けて、お薬を入れて戴くのを待った。

三時は桐の箱から取り出した白い髭の朝鮮人参を切って服用する時も、側に坐って口を「アーン」と開けて待っていると祖父は「お前もか」と言って、いつも薄く切って口の中に入れてくれた。幼児で細い華奢な貴子には副作用はなかった。

扁桃腺手術後のつけかえに、電車で九州大学の耳鼻咽喉科に付き添ってくれたのも祖父で干し葡萄を買ってくれなければ通院しないと、駄々をこねる貴子に思いを満たしてくれた祖父。夏の暑さのドンタクに連れていってくれたのも祖父で、福岡城のお濠は蓮が茂り、当日は福岡城の兵舎から一中隊の兵隊がドンタクに参加された。全身を真黒に塗り、腰に藁の腰みのを巻き、キビキビと軍隊式に素朴な表現で踊られた。

『酋長の娘』 作詞石田一松
私のラバさん　酋長の娘
色は黒いが　南洋じゃ美人

兵隊さんは踊りながら街の方に行かれた。貴子もお祖父さんと街に向かった。大通りの花電車が一台二台と通過するのを見送った。街に入ると大きな商店の店先には、祭りの法被を着た男衆達が店先を掃いたり、打ち水したり賑々しかった。

金の茶釜が出ると言われたが、台の上に飾られた茶釜が金に輝く茶釜ではなかった。でもあれが金の茶釜。今も貴子の心の中では、燻る茶釜を否定出来ずにいる。

街中に入ると、一団体一団体が思い思いの仮装、又は揃いの服や着物に両手で杓文字を打ち鳴らして

博多どんたくの歌
『ぼんち可愛いや』
ぼんち可愛いや　ねんねしな
品川女郎衆は十匁《もんめ》
十匁《もんめ》の鉄砲玉
玉屋が川へスッポンポン

とエネルギッシュに踊りながら通り過ぎるので、その熱気に包まれて、路の両側の見物の人々も汗にまみれながらも、爽快な気持ちで時を過ごした。

平　家

貴子の家は平家と言われている。

権力を欲しいまま築いた平清盛が亡くなった故、情勢は暗転した。幼い安徳天皇も若い公達《きんだち》も一族と共に敗れて亡くなり、高い教養の女官達は遊び女として辱めを受け、源氏の奉じた新たな天皇から見れば、敗れた平家の残党は謀反者となり、恥じ入り、恐れてみな山奥に逃げ込み、数世紀も表に出なかった。

戦国時代の様に小さな領主の戦に負けても、家来達は別の領主を見つけてしたたかに家や領地を確保し、又は商人となり財を築けたのは、天皇との争いではなく、天皇の謀反者のレッテルを貼られなかった故の繁栄である。父は田舎から社会人になったが、子供達を丁寧に育て、大学を出す事を念頭に置いていた。机を指物師《さしものし》に作らせ、子供の名前をさんづけで呼んだ。

第一次大戦の時は、村の模範な青年から初年兵として青島に出兵し、ドイツ兵の捕虜の取り扱いで国から勲章と杯を戴き、ドイツ兵側から精巧な懐中時計を贈られた。後に他県の公務員（警官）となり、定年後は戦時中は軍需産業の食糧工場の工場長になり、軍隊用の粒アンのびっしり詰まった月餅の二倍程の堅いアンパンと熊本の朝鮮飴を、父は工場から戴いて家族で食したのを覚えている。敗戦後は剣道の練士の父は県立の男子校の剣道の教師になった。

貴子が四才になった二月の或る日、食卓に坐っている貴子のそばで、母が味噌汁をよそいながら「お葬式に行くのか今のところはっきりしないですよ」と祖父に告げているのを見た。その後お葬式の話も立ち消えてしまった。誰の葬式だろう。出席に間に合ったのだろうか。貴子は幼いので追求する考えはなかったが、時々あの母の言葉を思い出している。

数年経って全容が判った。死者は父方の祖父である。祖父は早く妻を亡くし宗教を修め、田畑を耕し長男である貴子の父を大切に育てた。

貴子の父は優しく、すべてを受け入れ、やんわりと処理した。誇張するでもなく、又無礼でもなかった。

若くて軽輩な父は朝早く尚夜遅くの勤務で、幼い貴子の一日とはかみ合わず、幼い貴子に父の記憶がこの期間、欠落して若い父は勤務が多忙であった。勿論帰郷も疎遠になり、田舎の人達は実家を見限ったと思われたのだろう。田舎の弟と叔父が相談して、家長になる父の受け継ぐべき家や田畑を無断で売り払った。

後で知った優しい父は、相談もなく売り払った事を晩年まで悔しがって許さなかった。父方の祖父は数年後何の和解、解決もないまま亡くなったのであろう。父の落胆が酷かったので、妻の父、貴子から言えば祖父が謦固に商家を建て、ゆくゆくは母が家に居て小間物を商うよう算段し、段取りをしてくれたのに、公務員の妻の商売は許されなかった。

帰郷

貴子が四才になると祖父は貴子を連れて田舎に出かけた。汽車を降りると温泉街のゆったりとした、そしてせせこましい人の定着しない矛盾した街中の飴屋に腰を下ろした。祖母の親類すじで、祖母は後妻である。祖母の父は伊勢屋と言う大きな回船問屋を経営していたが、幼いうち両親が相次いで亡くなり、問屋を受け継ぐ才覚もなく倒産したので、ひっそりとこの飴屋で手伝いしているのを、祖父が後妻に貰い受けた。

飴屋の人々は皆優しく温かかった。貴子に飴の作り方を見せてくれ、水飴を箸にからませて幼い手に握らせた。

翌日貴子は祖父と内陸へ、水量の豊かに流れる川の川上に向かって歩み出した。昭和の初め、地方では自動車は皆無で、里帰りは親も子もゾロゾロと歩いた。

秋である。黄金色に爛熟した稲が地表を覆い、風の流れに葉擦れの音が爽やかに貴子の耳に心地よかった。二人は何処までいっても手入れの行き届いた田畑、遠くの赤土の見える山の稜線に貴子は「まだなの」と言っては歩みを止めた。祖父は苦笑しながら「もう少しだよ、この道の先に大きな松が見えるだろう、そこを曲がるとすぐだよ、貴子にはきつかったかな」と言われ、貴子は大好きな祖父を困らせてはいけないと歩み出した。

大きな松の老木の側を曲がると、木々に囲まれて四、五軒の農家がある。祖父は大きな農家の老人に会釈した。老人は全身笑みをたたえて「遠い処をよく来なはった。暑かろうに、早よう家にお入り」とくぐり戸を開けると、中から脛の長い体格の良い老婦が現れ、祖父の名を呼んで「疲れたでしょう。座敷でゆっくりして下さい」と祖父をねぎらい、貴子には「小さいのに遠い処をよく来なはった」と暖かく言葉をかけた。皆が歓待しているのである。

貴子がこの家のくぐり戸を入ろうとした時、祖父は「この家には屋号があるよ」と言った。「屋号って」貴子は聞きかえした。「福岡のデパートにも玉屋と言う屋号があるだろう」

「ああそうか、何て言う屋号なの」祖父は噛みしめる様に「この家の屋号は『醤油屋』と言うよ」貴子は醤油の匂いのしない農家を怪訝《けげん》に見渡した。

土壁の農家のくぐり戸を入るとひんやりとして心地よい湿りを含んだ広い土間、高い床、太い柱等がっしりとして、この老人達が見ていた幼い頃の家の何処かに似ている造りなのだろう。

貴子は数日を農家の表に出たり入ったりして遊んだ。

お祖父さんの兄であるこの家の老人は、共に小柄であるが引き締まった顔の祖父と違い、土に触れる百姓には珍しくゆったりとした体格に、体から感情のまま表現される言葉にボンボン育ちが見うけられる。寡黙な祖父と違っていた。

脛の長いこの家の主婦は農業をしながら産婆をしていて、スケールの広い何でも受け入れる爽やかな人柄で、温かい大きな農家の人達と別れを告げ、再びゆるやかな川にそって街の駅に向かった。

道々寡黙な祖父は口を開いて屋号の「醤油屋」の話をし始めた。聞き入っている貴子の頬に川風は優しかった。

醤油屋は祖父の父。貴子から言えば曽祖父の代まであった。

曽祖父は旦那であった。俊敏な番頭が旦那を帳場に入れさせなかったのか、倒産した時は番頭まかせの経理の帳簿の商品の材料の仕入と支払、お得意の店の売上げの入金の記載が丹念に記録出来ていないのである。

簿記は金の出入の日誌である。その日のうち原料の仕入負債を記載し売上げは何処の商店から入金があったかを確実に記載すべきで、毎日の終わりに記載した残高と現金を照合すべきである。

長い事不払いを受けた醤油の原料を提供した商店は会計の番頭に交渉しても、らちが通らぬので店主である曽祖父を責めた。被害者である店主は俊敏な番頭の長年記載すべき帳簿を見ても不記載が多く一日の集計毎月の合計がなかった。

とにかく負債は支払う事にした。

大きな樽のぶつぶつ成熟しゆく醤油の倉も、本宅も売り払った。

醤油の材料になる麦や大豆を小作にまかせていた田畑も売り払い残った田畑を長男の伯父さんが受け継ぎ、不払いの各店の要求を満たした。本来は何をどうしたのか調べるべきで収入の売上金は何処にいったのか、醤油屋の主人も原料を納入をしている各店の主人も、この会計をした番頭を糾弾すべきであった。

負債を払い残った田畑を長男の伯父さんが受け継ぎ、次男の祖父はいくばくかのお金で商人になった。三男は医師を志望した。

勘案しても負債の支払いは相当な金額である。

住む家を放り出された三兄弟の多感な青春期は余りにも無残である。

旦那である曽祖父の死も曽祖母の死も三兄弟から聞く事はなかった。どんな思いで見送ったであろうか。三兄弟は無言のうち各自の人生の在り方を、後ろ指を指されない生活を築くのが急務だと思ったのではないか。

亡き父、母の生活信条で破産したのではない事を証明しようとしたのではないか。

三兄弟は沈黙の内に時を過ごした。

明治十年西南の役後数年を経ての、治安の治まるか治まらないかの頃である。

スタート

先ず次男の祖父は村で小店を作った。村の客人が「あれは無いか」と言えば、問屋にいっては仕入の単価を交渉して商売を広げ、祖父の店にいけば何でも揃うとまで評判を取った。曽祖父と違い商人である。

商品の品数が増え、手狭になった小さい店（家）を売り払い、人通りの多い道に店を建て更に大きな店と作り替えた。旧い家は客が多く出入りした縁起のいい店と言ってすぐ売れたのである。

村人も百姓の人も歩いて来て、望みの品を買い揃える店を祖父は念頭に考えていたのである。祖父の店が軌道に乗ると、前々から考えていた亡き父の在世時に買って貰える筈だった赤い自転車を村で初めて自身で買い、品物の届け又町の問屋に走らせ急ぐ事も出来た。

商売は面白い程続いた。

そのうち祖父に嫁取りの話が持ち上がった。二十九才の頃である。

相手は豪農の長女である。

この家の豪農の家長である父親にも、嫁取りの面白い話がある。豪農の家長になる父親がまだ青年の頃、ちらほら嫁の話が出たが、青年は満足せずいつも立ち消えになった。

或る日青年は村の青年達と隣り町の温泉に出向いた。温泉客の間をゾロゾロ歩いていると、教養の高い美形の女性が楚々として通り抜けていった。青年は心を奪われたのである。

早速温泉街の人々に聞くと一様に、彼女は女大学を修め漢文はすらすら読み、和歌や活花は勿論裁縫も出来るという評判である。

息子は早速家に帰り、父親に嫁取りの橋渡しを願い出た。

女性の父親は慶応から明治の初年にかけて幕府が崩壊し、やつぎばやに東京遷都、廃刀令、廃藩置県のあおりを食らった武士で、彼女は武士の娘であった。

息子の父親は士に馴染む嫁を望んでいた。それに学問をした女性。嫁としてこの家の老人をないがしろにされる事を恐れた。この事を父親は口外せず、息子には唯畑で和歌を詠んだり思考されては困ると言った。

それでも息子は嫁取りの橋渡しを熱望した。

嫁に所望された彼女は武家社会の消滅した動乱の明治に複雑な環境にいた。彼女自身の心配より老い先短い両親の生活を心配していた。藩より一時金を戴いた父の同僚達が武家の商法で破産した事を聞くにつけても、お金の大切さが身にしみ彼女は働く事を色々と思考したのに、維新後、世の中は色々と先行して西洋文化の注入を肯定する人と固辞する人。経済、化学、通信、運輸、工学、機械と耳新しい事ばかりで、彼女の習い事の通用しない事に愕然とした。

ではお針仕事で細々と生活するのか、又は武家同士の子女の結婚で乗り切れるのか、将来を見通す事の難しさを感じた。

そういう矢先の婚姻の話である。

もう士農工商の時代ではない。職業によって分類された身分制度は崩潰したのであると、彼女は涙ながら自身に言い聞かせ、婚姻を承諾した。

彼女の結婚により身辺が一新した。

先ず庶民の体から発散する言葉の温かさに頑なな心がとけ、良人《おっと》は米、麦、野菜の収穫の度彼女の実家に届けさせるのに彼女は感謝を抱いた。

衣類の調達にしても、農家と武家の違いをわきまえ購入し、二組の親に等しく仕える良人に彼女は少しずつ笑顔が浮かび、良人は彼女の横顔を美しいと眺めていた。

小作達の子供の産着や就学の衣服を心掛けて届ける等、そういう平安の中で妻は三人の女の子を産み成長したのである。

嫁取り

祖父がこの豪農の家を訪れたのは昼前である。

こんもりとした森を背景に、倉や納屋、大きな藁葺の農家の前庭は広々とした空き地で、秋の陽ざしが白くそそがれていた。

式台で訪問を告げると、奥の座敷から三人の娘が三味線をいっせいに弾き始めた。次から次に曲が変わりその華やかさは、忘れかけた祖父の生家、母がいて何事もスムーズに過ごした頃が思いだされ、思わず涙がこぼれた。

返礼に祖父は三味線を借りて弾いた。丁度三味線の合戦の様で、盛り上がり楽しい一時であった。家長であるこの家の父親は来客があると下男を連れ、浜に行き大きな魚を買って来て魚を見事にさばくのである。今日もお客をお待ちしていた。

母親である武家出の妻は娘の習い事を庶民の嗜好にあわせた。郷に入っては郷に従えの教訓にしたがい生きて行くうえに一番大切な考えである事を身を以て悟ったのである。

舅の危惧した様な、畑で和歌を詠んだり、思考する事もなかった。

舅に武家出の嫁が農業を聞くと「先ず天候と水と暦の大切さ」を説かれ、考えてもいなかった緻密な返答に驚いた。土のデリケートさを舅は見据えているのである。暦は田畑の作付けと収穫日が記されている。連作を嫌う畑の野菜の年毎を図解して手渡された嫁は、百姓の賢さを強く感じた。

婚姻の話は滞りなくすんだ。

祖父は後年、貴子に三人の娘の容貌を足しても母親の美形には勝てなかったと笑っていた。

船出

祖父の結婚後の店は明るく、身軽に働く妻の協力で益々発展していった。

その頃の話として店の帳場の隅に村の郵便局でくずせない千円分の札を、古い前掛に固く丸めて店の帳場の隅に転がしていた。時々お客がその帳場に腰掛ける事もあった。明治三十一年の頃である。

その後長男長女が生まれ、望まれていた次の子は産褥熱で母親と共に亡くなった。妻帯後の余りにも短い年月である。

祖父は自分の更なる悲運をどの様に受け止めたであろうか。話し相手にならぬ幼い子を抱えて働く祖父に、亡妻の妹達舅姑が出入りして手厚く援助してくれたが、年月の経つうち周囲は変化していった。先ず亡妻の妹達はそれぞれ結婚し家を構え、舅姑も老いて気軽に動く事が出来ずにいた。

その様な時祖父が後妻を迎えた。貴子の母が六才を過ぎたばかりの頃である。

自然と先妻の家族は遠慮をされ、後妻と貴子の母が向き合う朝夕である。

木枯らしの吹く晩、村の内儀が砂糖を買いに来た。商用に出た祖父はまだ帰宅していない。新しい継母は火鉢をはさみ向き合っていた六才の貴子の母に大きな目で睨み、長火鉢の縁を煙管でぱしっと叩き、客の応対をうながした。それで少女はいやおうなく土間に下りて、固まっている黒砂糖の大きな樽に長い鉄棒で砂糖を砕くのであるが、鉄棒の冷たさに指がかじかみ少女の力ではなかなか砕けない。長い事かかってやっと希望の量をお渡しした。その事が口惜しくて、母は祖父に話そうと思うが、継母が祖父にぴったりとついて、話す事が出来なかった。

この場面を冷静に見ていたのは村の内儀である。新しい継母は長火鉢の傍にいるので、鉄棒で砂糖を砕く子供に手伝うわけにもいかず、辛抱強く買物を待っていた。帰宅すると店の新しい継母の話が出て、勘案しても後妻の行動は納得出来ないと継母の噂が広まった。店に客がよりつかなくなった。閑散とした店に祖父は何が原因なのかどうしても判らなかった。暫くして心配した人が祖父にこの事を忠告し、村人達が貴方の子供の事を心配している事を話した。祖父は初めて再婚の難しさを味わった。

祖父は考え考え後妻に子供達をどう考えているのか、子供達は母を欲しがっているのに敵視してこれから一緒に暮らせるだろうか。親兄弟のいない貴方は離婚したら生活はどうするのかと丁寧に聞いた。

後妻は泣きながら父母が相次いで亡くなり、実家の倒産した時を話した。少女の頃である。家に知らない大人達が来て色々と家の物を剥ぎ取って一別の言葉もなく去っていった。

大人に対して後妻は不信を抱いたのである。祖父は後妻に、相手は子供ですよ貴方が子供を暖かくする事で、貴方の世界が生まれる事を静かに話した。

祖父の荒げた言葉を聞いた事はない。腰の低い商人である。

謝った後妻は子供を店で使い者にしない事も誓った。祖父は今後を見守る事にした。

そして忠告を戴いたお宅に参り、後妻の少女時代の家の倒産で大人達の行為による不信と親兄弟のいない彼女が離婚後何で暮らせるか心配なので当分見る事を伝え、人生の機微に忠告を戴きすぐ手を打ちましたので大事に至らず誠に有難うございました。おかげでなんとか一緒に暮らせる事が出来ますと御礼を述べた。

実家の倒産による大人達の非情な仕打ちに人間不信になった少女時の後妻の事情も判り、又親兄弟もないので無下に離婚するには可哀想との祖父の真心、子供を大切にすると謝っている事も加算して、村人は大方納得して一人二人と店に戻り元の盛況になった。

母の兄は村を離れ経理学校に入り卒業後若松の貿易会社の会計に就職した。上野の音楽堂を寄付された会社である。後に祖父夫婦は兄夫婦と同居した。

祖父は貴子の女学生まで生きていた。

その間貴子は「醤油屋の倒産する」までの経緯を問いつづけ、そして返事を聞いている。祖父の話によると倒産して七年後、県内の村に帰った番頭が大きな立派な家を建てた。それを聞いて祖父は「番頭にやられた」と思った。当時の言葉で言えば「水呑百姓の伜がそんなお金を持つ筈はない。何処からお金を調達したのだろうか」と思った。明治の動乱時の頃である。

当時家の建築は現金払いである。現金が足りなければお金を借りる外はないのである。

平成時代の様に薄利の住宅ローンがあるわけが無く、まして二十年、三十年の長期に亘って貸す制度も無かった。

国情や社会状勢の時々変化する明治の御代に金利の変動もあるのである。金は動産である。

「警察に届けたの」と貴子は聞いた。

「帳簿があいまいなので警察に届けなかった」と言った。さぞ無念であったろう。帳簿があいまいなので、尚の事警察に突き出すべきであった。あいまいさの隙間に何の悪だくみをしたのか、調べて戴ければ判るのである。疑問符は色々と出てくる。

金額が巨額であるので、一つ一つ相手の商店の帳簿と照らし合わせたら、どこでとどこおっているか、又相手の商店が未払いの多額の金額を積み重ねるまで何故沈黙していたのか、警察は正してくれると思うが、時代が悪かったのではないか。明治は御領主様も引きずり降ろされる時代である。正当をいっても通るだろうか、然し厳然と調べれば番頭に罪はないのか。貴子の胸の中ではいつも反芻している。

番頭の新築した家の総額は幾らなのか、又番頭の給料はおおよそ判るので総額から差引くと増大な不足金は誰から借りたか返答すべきである。誰かに借りたとすれば、その貸主の財政は借しうるだけの財政を保有しているのか、又借金の証書と家の築年後からの月払い支払帳は提出すべきである。

これらが揃ってなかったら、破産させた醤油屋の番頭の建築した大きな家を建てるだけの保有金を持っている事じたいおかしいのである。

経理と言えば母の伯父さんも経理学校に進み、貴子の二番目の弟も一橋大学に昭和二十三年に入学し、貴子も十九年近く市の医師会で経理を担当し、現在の医師会館並び講堂と併設された准看護学校（医師会立看護高等専修学校）及び実習室建立の資金を積み上げた。貴子は後に内科の事務長を務めた。貴子の次男は合格通知と学費免除が同封され九州大学理学部をトップで入学し、卒業後数回のペーパー試験の篩《ふるい》に残り一年に三人採用される保険会社のアクチャリーになった。これだけ居れば曽祖父や曽祖母を奈落に落とした番頭の帳簿は解明出来たのにと貴子は心の中で思っている。

祖父の兄弟が揃っても曽祖父の事で意見の相違の争いとか湿っぽくなる事はなかった。お互い自分の人生を大切にし、こつこつと人生を開いて行く事で自分達の正しい事を証明しようとしていたのではないか。

三兄弟共優しく結束して仲がよかった。祖父の生家の事は曽祖父達の死もあり、余りその事に触れたくない様である。

それよりも、自分自身で昔日の自分を取り戻そうと慎重に商売をしていた。

「貴子、協同経営だけはしない様に。失敗したよ。資金の足りない時は協同経営に誘い、経営が軌道に乗ると独占したくなるからね」と失敗を話している。争ってでもこれを取る事をしなかった。若い時家の倒産で犠牲になった悲哀を相手方に押し付ける事はしなかった。

信用して金の出入りをまかせていた番頭の背信による倒産で不遇のうちに亡くなられた両親の廻向《えこう》に、祖父は毎晩仏壇の前でお経を誦した。後ろで家族と一緒に小さい手を合わせている貴子も「ナンマイダーナンマイダー」と誦《とな》えた。

御文書の中の「朝《あした》には紅顔ありて夕べには白骨となれる身なり」の経文は忘れてはいない。祖父夫婦が若松に帰った後は母が祖父のされた様に、桐の箱から木版刷りの経本を取り出して家族一同仏に帰依した。

墓

貴子は祖父に連れられて幾度か田舎に行った。どの道を通ったか忘れたが、なだらかな起伏する稜線の中腹の疎《まば》らな松の木々の一郭に、土台も墓石も石の柵もばらばらに崩れ広がる赤土がむき出した場所に来た。貴子は初め誰かが荒らしたのかと思ったが、大雨で流されたのである。祖父は複雑な気持ちで「お骨が雨水に浸っていたそうだよ」と言った。

本家のお墓であろう、曽祖父や御先祖にしてあげられるのはこの方法しかないのに、この有様を見ると泣きたい様な後悔を噛みしめた。何故お墓をお寺の境内に建立しなかったのか、持山だったのでこの地に建立したのか。

終焉を汚された父母を誰にも束縛されない平和な安寧を願って山の中腹に、大きなお墓を建立したのだろうか、疎らな松の木々と一面に広く針葉の落葉の散り敷く赤土の山の中腹を貴子は忘れてはいない。

祖父夫婦はお伊勢参りもしている。祖父の言葉では下関まで足の弱い祖母の為、人力車を通しで雇いまだ汽車の通っていない九州鉄道未開の時代に参詣した。祖父は神仏を大切にした。

着物

祖父が固持した物に着物と芝居がある。

これは豊かであった子供の頃の大切な生活習慣の一つで、曽祖母の持ち物は美しかったに違いない。大正九年母が結婚した時持たせてくれた着物類を、村人や父の妹達が見ている。それは粋で上品な代物である。「あんな着物や帯は見た事がない」と言わしめた。

小判と馬の織模様のザクザクした地厚な袋織りで薄鼠色はどの着物にも合いそうである。外に金地の織りに小花模様、黒地に小さな織模様、黒地に白い小さな花柄地、褐色地の織り地等で、広げると一枚の広い綴《つづ》れ織りの帯で八本、これは貴子の女学生の頃見た物で、戦時中四本を掛布団の表に母が作った。小学高学年の弟は掛布団を高く蹴り上げると綴帯の掛布団の表が裂けるのである、弟は面白がって更に蹴り上げ綴の錦になった。

訪問着は黒地に染め紋の裾に小さな蕨の日本刺繍がしてあり、黒い艶と皺のない地厚な平織りの絹地で塩瀬《しおぜ》ではないかと貴子は思い大切にしている。黒地の紗の夏羽織、濃紺に青色の小花の絹紗の羽織、縦縞の縮緬の長着等々。黒地に油絵の様な凹凸の織りの帯をザクザク切ってお太鼓結びと前帯に分けた軽装帯を母は惜しげもなく作った。小さい子供がいるので、サッと結べるのを好んだ。軽装帯は何本も作った。

母が上役の夫人達の着物の間で絹の重たさ、染付等でいつも上等に見えた。

母の嫁入り衣装を選んだ祖父は着物にかけては目が肥えているのである。

貴子は正月になると姉のお下りの濃紺にピンクの花模様の縮緬の長袖の長着と濃紺に明るい空色の花模様の長袖の羽織を重ねる。更に寒くなると赤い被布を重ねた。被布は花嫁の腰の帯揚げの布地と同じで、柔らかな絹紗のあや織りに薄く綿を引いてあり、重ねた胸元の左右に飾り紐がついている。被布を重ねた方が動きがよかった。晴れた元日は道路で羽子板をついたりゴムマリをついて遊んだ。

もの心のついた時から母は貴子は弱いので軽い桐のかっぽりを履かせた。

更に寒くなると二枚のマントを貴子はその時々に替えて使った。普段着は丸袖で袂が汚れない様にいつも気にかけていた。

子供の外出用の綴れの帯は姉は使ったとみえるが貴子には記憶にない。

芝居

博多の大博劇場の柿落《こけらおと》しは大盛況で、太棹の三味線がビーンと鳴る中で義太夫の物語は腹の底に響く程の鋭さがあった。

役者は天下一である。会場は母の言葉によると、しわぶき一つしないシーンと張り詰め、先代萩の主人公浅岡は若君の毒殺を用心して、茶釜でご飯を炊いているのである。

扇子で炭を扇ぎながら、我が息子を若君の首実検の身代わりに差し出そうと涙のなかで思案している、幼ない吾が子は母の教え、武士の教えを守りついて来るけなげな姿に、並の母の様に抱いてやりたく誉めてやりたく心は千々に砕け「神様この幼い吾が子を若君の身代わりにしなければならぬでしょうか」と自問自答の浅岡を、太棹は優しく又は激しくびーんと音たてて浅岡の心の動揺を静めようと促している。

浅岡は吾れも武士の妻、主君の忠義で吾が子も死してお家騒動のお役にたてると気を取りなおした。

その時若君が「乳母飯《ウバママ》は」と透き通る声で催促した。と更に座席の枡の中から「乳母飯《ウバママ》は」と子供の声がした。座席の観客は一瞬シーンとなり周りを見わたした。舞台の出演者は「舞台を汚してやっていられるか」と匙を投げだされはしないかと母も一瞬心によぎった。

しかし義太夫は益々熱を帯びて腹の底から物語を進めている。太棹の三味線は太く鋭く弾き、見入っている客の心は浅岡と共に動いている。

最後まで格式のある舞台は終わった。

客の失態を小さくして劇を盛り上げた役者や義太夫、三味線の方々の藝の高さを祖父も母もいつまでも語り草にしていた。

警固の友達

警固に移った貴子には一年目は友達がいない。母のお手伝いをしたり、お人形と一人遊びをして時々外に出て、両側の下宿屋の道を途中まで行き来して一日をつぶした。

家の前の南向きの広い原っぱの西側には家屋が密集して子供の声が聞こえるが人影は見えなかった。広い原っぱの雑草は一株一株太く延びて茎が広がり、貴子の小さな足をすくって見事に転がり痛い思いをしたので、余り原っぱには行かなかった。

正月は例外であった。家の前の道で姉や弟と長袖に被布の貴子は羽子板や鞠をつく姿を原っぱの南側のお屋敷の家人が見たのであろう。日ならずしてうちの子と遊んで戴けないかと申し入れがあった。満岡家である。

貴子は迎えに来たお屋敷の女中におんぶされて遊びにいった。原っぱの側面の小道は小石が多く貴子のカッポリでは歩けないのと、まだ幼さが残っていたのである。

お屋敷は小道に面して硝子窓の多い白い西洋館。その奥に大きな日本家屋が続いて、上女中と下女中が働いていた。

妙子さんの母親である夫人は束髪の肌の綺麗なインテリジェンスな女性で静かであった。

料金受取人払郵便

新宿局承認

2524

差出有効期間
2025年3月
31日まで
（切手不要）

郵便はがき

160-8791

141

東京都新宿区新宿1－10－1

(株)文芸社

愛読者カード係 行

ふりがな お名前		明治 大正 昭和 平成 年生 歳
ふりがな ご住所	□□□-□□□□	性別 男・女
お電話 番号	（書籍ご注文の際に必要です）	ご職業
E-mail		
ご購読雑誌（複数可）		ご購読新聞 新聞

最近読んでおもしろかった本や今後、とりあげてほしいテーマをお教えください。

ご自分の研究成果や経験、お考え等を出版してみたいというお気持ちはありますか。

ある　　ない　　内容・テーマ（　　　　　　　　　　　　）

現在完成した作品をお持ちですか。

ある　　ない　　ジャンル・原稿量（　　　　　　　　　　　　）

書　名				
お買上 書　店	都道 府県	市区 郡	書店名	書店
			ご購入日	年　月　日

本書をどこでお知りになりましたか?

1.書店店頭　2.知人にすすめられて　3.インターネット(サイト名　　　)

4.DMハガキ　5.広告、記事を見て(新聞、雑誌名　　　)

上の質問に関連して、ご購入の決め手となったのは?

1.タイトル　2.著者　3.内容　4.カバーデザイン　5.帯

その他ご自由にお書きください。

(　　　)

本書についてのご意見、ご感想をお聞かせください。

①内容について

②カバー、タイトル、帯について

弊社Webサイトからもご意見、ご感想をお寄せいただけます。

ご協力ありがとうございました。

※お寄せいただいたご意見、ご感想は新聞広告等で匿名にて使わせていただくことがあります。

※お客様の個人情報は、小社からの連絡のみに使用します。社外に提供することは一切ありません。

■書籍のご注文は、お近くの書店または、ブックサービス(0120-29-9625)、セブンネットショッピング(http://7net.omni7.jp/)にお申し込み下さい。

夫人は「よく来たね、妙子さんと遊んであげてね」と笑みを含んで迎えられた。

日本家屋の構造は貴子の家と違って威圧的で大きかった。おとなしい妙子さんと大きな声を立てた事のない貴子の二人は少しずつ接近して、広い居間の隅でお人形遊びや絵本を広げたりして遊んだ。遊びなれた或る日妙子さんのお兄さんの友達を交えて、西洋館の南側のベランダの硝子の開き戸から広い芝生の庭に出て鬼ごっこをして遊んだ。

庭木のない芝生の庭は青々として陽は漲っていた。

鬼につかまらぬように走り、鬼が接近して思わず高揚した声を上げた時の開放感を、貴子は子供ながら心地よかった。

或る日妙子さん宅の居間に入ると「こちらに誰か来て」と書斎から夫人の声がした。居間には二人の女中がいて「静子さん貴方がいってよ」と上女中が下女中に言った。「私この前もいったので光子さんお願いします」と言う下女中に「お裁縫をしているでしょう。貴方いってよ」と上女中は動かなかった。

貴子は心の中で「私が小さいので判らないと思って二人で譲りあいをしているのね、私が大人だったら二人共こんな恥ずかしい言葉は言えないのにね」と心の中に黙って刻んだ。

エプロン

十月の中頃、貴子は妙子さんと新築の餅まきを夫人のすすめで見にいった。手をつないだ二人の幼女は共に花柄一杯のモスリンの袷の着物に、肩にフリルの付いた白いエプロンをしていた。小さい彼女達は、まだ柵の出来ていない広場を通り、新築の数寄屋造りの母屋に近づいた。法被の男衆や白い割烹着の女衆、膝をくずした袴の旦那衆が思い思いに外の餅まきを待っていた。

食卓には酒、魚料理が一杯盛られていて、すべて勢いがあった。

家のだだっ広い庭には数人の芸妓と半玉《はんぎょく》が華やかに屋根の上を見上げている。屋根の上のいなせな男衆は棟の瓦をまたぎ広場の人々に向けて餅をまき始め、芸妓の声が華やかに家屋を包んだ。

初冬は暮れが早い。数寄屋の母屋には灯りがついた。屋根の上の男衆は母屋の庭に花柄の着物に白いエプロンの幼女が二人手をつないで餅まきを見上げているのに気付いて、残り少ない餅を勢いよく投げ込んだ。

餅は地面を跳ねかえり更に地面を滑り、幼女達の足元に届いた。幼女達は手をつないだまま餅を拾おうともしない。次々に男衆は餅をまいたが、幼女達は姿勢をくずさなかった。無言のまま半玉さんが近づいて餅を拾い始めた。桃割れのびん付け油や彼女の化粧の香りは母達の化粧の香りと違い、豊かで暖かい香りで、幼女達の鼻をくすぐり半玉さんの美形に圧倒された。半玉さんの動く度チリチリとカッポリから細い鈴の音がする。

芸妓の姐さん達も拾いに来た。座敷では三味線と太鼓が鳴りだした。

餅まきは終わった。夕暮れの風は冷めたい。幼女達は手をつないで屋敷に帰ると、夫人は「寒かったでしょう。新築の家の餅を戴いたので食べていきなさい。静子さんお出ししてね」と赤い大きな切り餅の載っかった吸い物椀の前に案内された。

貴子は一人でよそ様の食卓に坐った事がないので、大変恥ずかしい思いであったが、お汁を一口飲んで目の覚める思いがした。

醤油とおだしが絶妙で、餅の下の青々としたほうれん草、だしは昆布と鰹である。

貴子の家では鰤と昆布のだしで餅と白菜を食べ、食べ物にも家の違いを貴子はこの時感じた。四才の頃である。

冷蔵庫のない昭和の始め年末から正月にかけて毎年、手ごろの鰤を一本魚の尾鰭に紐をかけて台所の天井に釣り下げているのが貴子の家の慣例であった。

鰤は正月の雑煮のほか塩を厚くほどこした魚の腹の部分を焼魚にしたり、鰤と白菜と豆腐の汁に貴子達は熱熱で食べた。

最後は鰤で人参、ゴボウ、大根、コンニャク、里芋で母はケンチン汁を作った。

添田（初めての転居）

添田は英彦山《ひこさん》の麓、九州の内陸である。転居でお見送りを受けた博多駅をひと駅ごと離れ行くと、山々に囲まれた田舎の家の風景が点散し、貴子は初めてボタ山々を見た。

ひと月前父が着任した町の添田駅は黄色い灯りがついていた。

駅の外は真暗で、母の着物の袂を掴んで貴子と二人の弟は大通りを歩いた。母は父からの地図を頼りにしているのか、幅広いコンクリートの立派な橋まで来た。橋の名前が刻まれているが貴子には読めない。橋を渡り中ほどまで来ると橋の彼方から頭にカンテラを照らした大勢の男の大人達が次から次へと橋を渡って来た。全身頭から足の爪先まで真黒に汚れ黙した一団が貴子親子のそばに迫って来た。

と暗闇の空に「オコモサン」と貴子の横にいる小さい弟が透き通る声で叫んだ。頭にカンテラの真黒に汚れた大人達を見て弟は怖かったのであろう。咄嗟に母は弟の口を強くふさいだ。

母も子供達も緊張し立ち止まった。黒い集団は百人以上はいるだろう。

カンテラの黒い集団は声も立てず親子のそばを足早に通り過ぎていった。

幼い弟の声を聞かなかったのかと貴子は一瞬思ったが、いたいけな子供の叫びを許し黙って遠のくカンテラの一団に爽やかさと暖かさを子供ながら強く感じた。

炭坑の町の人々である。

母は橋を渡り切ると右側の土手を歩き始めた。暗い夜に何処まで行くのだろうと貴子は悲しくなったが、暗い夜空に一連の家屋が浮き出たとき判りやすい道であると思った。

二軒目の家は警固の家に比べて小さくて狭い座敷に家具や寝具、荷ほどけをしていない木箱類が所狭しと積み上げられていた。

子供達や家族の夜具と少しばかりの炊事道具は生活に困らぬ様に取り出されていた。

この夜の父は頼もしかった。

朝になってこの家が薄い板塀に囲まれた小さな家で、玄関は東向き、川に沿って西向きの座敷に面し淋しい情緒のジャガの白い花の群生する小さな庭があった。川は流れ川で、季節によって荒々しい水も流れるのか、川には丸くなった大小の石がごろごろして、川遊びするのも難しそう。

門のそばで一人遊びをしていると、目の鋭いいなせな男が隣りの家から出て来て「嬢ちゃん、うちにも女の子がいるので遊んでやって」と挨拶かたがた言葉をかけて出かけた。

貴子は言葉の通り隣りの薄い板塀の門から入り「嬢ちゃん遊ぼう」と声をかけた。

少女は台所の方から出て来て、貴子を見ると無言のまま一瞥《いちべつ》して台所にもどりコトコトと物を刻み始めた。

彼女は目の釣り上がり痩せた小柄な少女で。可愛げのない暖か味のない隣りの子についてゆけそうにもないので彼女とは二度と遊ばなかった。

隣りは母親がいなかった。甘えを知らない小女といなせな中年の男親は本当の親子だろうか。

「貴子さん遠くに行ったら人買いが貴方を攫《さら》うよ、お父さんお母さん助けてと言っても、何処にいるのかわからないので助けようもないので、余り遠くへ遊びにいっては駄目ですよ」とあの頃は何度も聞かされた。

姉の事もあるので貴子は親の言葉通りを守った。

転居（蜜柑の木の庭）

ひと月後貴子一家は添田の町に転居した。南側は酒造りの白い漆喰の壁に面し、陽あたりのよい広い庭には十四本の夏蜜柑、きんこうじ、小さな実のなる枇杷《びわ》の大木、四個の実のなる細い梨の木が家屋の前後に、太い幹や枝を広げ青々とした広い葉の間から黄色い大きな実が年明けの季節には実った。

家屋は柱の太い大きな農家で表の戸には潜り戸が付いていた。床は高く、床の下には大きな穴に籾《もみ》が一杯つまって、家主が貴子達の為に蜜柑が貯蔵されていた。

小さい貴子はいつも床に潜って蜜柑を笊に取り出す役目で、オヤツによく食べた。

小さい兄弟達が転居して来たのでこの家の広場は子供の遊び場になった。

先ず枇杷の木、蜜柑の木に登ったり、木を揺すったり、鬼ごっこをしたり、雨の日は母屋の横に小屋と呼ぶ本建築の家屋で床はなく、その広い屋内には分厚い整材された建材が積み重なって、男の子達はその木材の上を登ったり下りたりして、鬼ごっこに声を上げていた。貴子も一度鬼ごっこに加わったが、青大将が建材の間からのったりと出て来たので、その後小屋には近寄らなかった。

貴子は五才から六才になろうとした或る日、母は三人の子を連れて幼稚園に入園手続をした。勿論貴子の入園と思ってついていった。

幼稚園の園児達は何の愁《うれ》いもなく元気な声を上げていた。園長は母子を歓待されて終わりに園長園児と共に母と二人の弟が参加して写真を撮った。貴子は除外されたのである。

家の中で幼稚園にいかなかったのは貴子一人である。あんなに家の手伝いをしたのに。

澱み

五才になると父の転勤で添田に移った。

警固には祖父夫妻と転校を嫌った姉が残ったが、晩秋の頃疲れた表情で祖父は姉を連れて来た。先週博多は大雨で、警固の家の前の低い道路が川の様に溢れ、小高い処に作った筈の家の土間にも水が流れ込む状態である。

お屋敷の女中が二人、大雨の中を来られて「老人と子供だけなので心配する。こちらに避難する様に」とのご主人の主旨を伝え、家人を迎えに来られた。

祖父は大変感謝し、祖母と小学高学年の姉をお願いし、祖父は家に残って家を護る事にした。そんな事もあり田川の県立女学校を受験するには、地元の小学校にいる方が良いだろうと姉を連れて来たのである。

翌年貴子は小学校に入学した。年の半ば祖父が再び添田に来て「貴子、あのお屋敷の方々を何処を尋ねても移転されて行き先が判らない。老人の生活で情報が遅れてね、移転された後だったのでね」と残念そうに話してくれた。何でも夫人は教師をされていたが、御主人がアタックに次ぐアタックで貰い受けられたと聞いていたのに、この家の主人が株で大損をされ家屋敷も売り払い、何も告げずに転居されたのである。

貴子は何も恥じ入る事はないのにと、思い出多いお屋敷の暖かい家人を思い涙が吹き出た。

「私、お婆さんになっても貴方の名前を忘れない。満岡さん、妙子さん。今何処にいるの」と心の中で幾度も叫んだ。

年表では昭和六年、世界経済の恐慌激化とあった。

初めての尋常高等小学校

貴子の小さな胸に錘《おもり》の様な悲しみが広がった。貴子は祖父にも母にもひと声も感情を示さなかった。「私だけ違っていた」貴子は胸の中で繰り返し叫んだ。

幼稚園児と行けなかった子供は知識の上で違う筈である。母からも予備知識を教えて貰えなかった貴子。祖父が福岡の警固の家でお風呂から上がる時五十までの数を数えたらお湯から上がっていいよと言われ、懸命に五十までの数を数えた事。その後百まで数えさせられ数だけはついていてゆけた。貴子の名前はひらがなで書き方を父が教えてくれ、それだけで貴子は入学した。母は「先生は沢山の知識をお持ちだからよく聞くのよ」と言った。

貴子は望まれぬ子供だったのだろうか。

貴子は教室で姿勢を正しくし、先生の顔と口元を穴のあく程見つめて、教師の教えを聞いた。先生は繰り返し同じ事を教え、応用も少しずつ交じえて展開していった。

足し算引き算が納得いかなかった。貴子はその時まで買物をした事がないのである。なぜ林檎を買わなければならないのか、これが問題である。先生は林檎を買うと言われた。林檎を一つ二つと増えた。それによって釣銭が少なくなるのである。

十までは両手の指を折り曲げて答を出したが、二十代になると大変困った。そして机の下の足の指をも足して差し引きをした。涙の出る程幼稚園に行けなかった時間を悔んだ。

納得出来なかったのは、1と2の量の違いである。123と数えていた時はこの様に順番があるのかと思っていたが、1と2の量は違う事を先生から教えて戴いた。2は1を二つ持っている。3は1を三つ持っている。これが判るのに貴子は幼い頭で葛藤しやっと納得した。

貴子は先生の教えをスポンジの様に吸収し、試験はその中から出たので、ちっとも困らなかった。100点の試験用紙は母にも見せず、父が指物師に作らせた楠の文机《ふみづくえ》の引き出しに次々と重ねていった。

姉は楠の片袖の肉厚な机で勉強していた。大人の机である。

貴子が初めて添田の町でお金を貰ってお買物をしたのは、硝子瓶の並ぶ小店である。何種類の飴玉の内、回りに粗目《ざらめ》のついた一番大きな飴を選んだ。一銭を差し出すと小母さんは楽しそうに紙に大きな飴を三つ入れて、二厘の大きな銅銭を貴子の掌に渡した。

貴子はその時一銭の下に厘銭のあるのを初めて知った。

反転

先生は繰り返し教えられたので、白紙の状態で何も知らない私さえ100点をとれたので、誰でも100点をとっているとばかり貴子は思っていた。

秋日和の自宅の庭に帰宅した貴子は、縁側で父の上役の幼な子を抱いた奥さんと談笑している母のそばに坐った。

上級生であるふっくらとした色白の茂子さんが笑みを含んで近寄って来た。「お母さん、私100点を貰ったよ」と言った。上役の奥さんは「まあよかったね。嬉しいね。又勉強しようね」と喜んではくれなかった。

「ここの貴子さんはいつも100点を貰っているのに、茂子は何ですか。時たま100点を貰った事で言いにくるなんて、恥ずかしいよ」と引きつった顔で奥さんは声を荒げた。

茂子さんは泣いた。奥さんは引きつった顔で泣く茂子さんと共に家に帰って行った。

奥さんが事情を知らない貴子達にまで、茂子さんの成績の状態を聞かせるのが判らなかった。なぜ母親として茂子さんを暖かく包まなかったのかと、貴子はいつまでも考えさせられた。

それと同時に、誰にも見せていない机の引き出しの点数を知っているのは、母が覗いて外の人に言ったのであろうと、その時貴子は感じたが貴子は何も抗議をしなかった。

俺

弟達は坊ちゃん刈りをしていた。

丸刈りの町の子供達は「俺」と自分の事を表現しているのに、弟達は「僕」と自分の事を表現していたので、言葉の違いもあるので子供達とうまく遊べるだろうかと、心配性の貴子は弟の行く先々について歩いた。

今日も弟を見守っていると親分肌の大中《おおなか》少年から「嬢ちゃん、僕ちゃんは俺が見ているから心配しないで」と声をかけられた貴子は安心して、その集まりから外れた。

番傘

雨が降ると学童達は番傘で登校した。

登校路はいつも近道として大通りの家々の裏手の植込みの続く小さな道を通った。

近道の入口は細長い二軒続きの長屋があり、樋の無い屋根瓦から雨垂れが細い滌《すじ》となって落ちている。

その軒下の窓の格子に掴まりながら、日本髪の娘がほっそりとした白い指で雨垂れを受けている。多彩な小花の染の絹物は目を奪う上物で、多分嫁入り道具の一枚だろう。

学童達は天女が舞い下りたと思った。綺麗な着物の天女は何故かなんとなくおかしい。

鬢付油の島田はゆらいで、白足袋のまま家を出たのか足元は軒下の雨水に濡れ、灰色の雨空を見上げる瞳はどこか虚ろである。

彼女に何の衝撃があったのだろうか、細い体では余りにも受けがたい事があったのであろう。今の彼女は考えすら出来ず、心に残っている晴れの日に結った島田が忘れられず老いた母に結って貰ったのに、その日は雨とは、それとも芝居で見た様にこの天女も心の中の人に逢いたいのだろうか。秋空の町、いや川辺に遊びに行こうと思ったのだろうか。

まとまらぬ思考で指先に雨垂れを受け、雨の町に出て行こうか止めようかと一瞬一瞬を考えている様である。

色白の細っそりとした顔はまだ品格があり、上物の天女の着物を濡らさせまいと、心配そうに黙って上級生の男子達は降りそそぐ雨を傘々で受け止めているのである。

一年生の貴子も小さいながら屈んで傘々の雨垂れを受けていた。ひと固まりの学童達は女性を揶揄《やゆ》する事なく、この女性天女が雨に濡れながら町中を彷徨《ほうこう》されるのを悲しんだのである。

この集団から暖かい空気が流れていた。

長屋の入口では小柄の老夫婦が心配そうに天女を見ている。

暫くして娘は格子をつたって家に入った。

学童達は安心と同時に遅刻の鐘が閃めいた。

我にかえった上級生が「遅刻するぞー」との一声で、学童達は傘をさしたまま木の枝の伸びた細道を走り出した。どの傘も伸び切った垣根の枝にぶち当たるなか、貴子は重たい長靴で走った。

大通りに抜け出た時、まだ登校する学童達を見て息を切らしながら安堵した。

何月か経った頃と思う、毎日前を通る長屋の天女の部屋から空虚を感じ、貴子は天女の健在を問うた。

天女はすでに移転して空き家になっていた。あの雨の日、天女をオロオロして家の出入口で見ていた両親、小柄な旦那風の老人の才覚とは思えない。

多分、誰かの助けがあったのであろう。

星のしずく

添田は英彦山の麓。内陸地である。

子供達は自然を満喫し、歓声を上げていた。裏山での歓声が続くので、貴子は急いで行ってみた。男の子達は茣蓙《ござ》に跨がり急な赤土の坂を滑る遊びをしていた。貴子も男の子の莫蓙を借りて急な坂を滑ってみた。坂は急勾配で我を忘れて歓声を上げたのである。

でも貴子は繰り返し続けようとは思わなかった。男と女の違いだろうか。

あの頃は男の子と女の子の遊びは違っていた。家の入口の畑に水を撒き、土を柔らかくしてその土壌に三十糎位の股木を、お互い投げ込み相手の木を倒すのである。

その遊びは紙のパッチと同じである。

パッチの強い男の子は股木の遊びも強いのである。小さい弟はこの遊びに血道を上げた。

そこに若松から『幼年倶楽部』、後には『少年倶楽部』がひと月遅れで毎月届いた。

若松の一人息子の持ち物である。

外に若松の伯母さんから一人息子の小さくなったサージの詰め衿上下と編み上げの革靴、天体望遠鏡が送られた。天体望遠鏡は思いがけない未知数の代物で、小さい姉弟達は歓声を上げげた。終戦まで日本の星は頭上に綺麗に輝いていた。

枇杷の枝先の星を子供達が天体望遠鏡で覗いて、昨日の星が今日は見つからないのに気づいた。星が動くのでなく地球が動いて自転しているのをまだ気づいていなかったのである。

満天の星は貴子達の頭上にキラキラ輝いて、未知の可能性を問うていた。

黒い傘

雨の日の貴子の番傘は蝙蝠傘《こうもりがさ》に替わった。

父が警固の家の家賃を取りにいって、玉屋デパートで貴子と和久に買って下さったのである。あの頃の蝙蝠傘は木綿の目の詰まった重たい傘で、番傘の中にひときわ黒々として恥ずかしい思いをした。

使用後、傘は母が丹念に日干しして固い長方形の細長い紙箱に一本一本入れ、押入れの長持ちと壁との隙間にかたづけるのである。学校でたった二人の黒々とした蝙蝠傘なので、早く溶けるようになくなるといいのにと、雨の度祈った。

運動会

運動会が近づくと運動場に白線で大きな円が描かれ、幾度も一年生は円の通りに並んでお遊戯の稽古をした。その日はお天気もよく、会場の正面には何面かのテントが白く張り出して、音楽や拡声器はこのテントの中で行なわれていた。テントの中は校長先生や来賓の方々が楽しそうに観覧されている。貴子は運動場の円に沿って出場した。

音楽の流れる中で貴子はテントの中を見た。父親が来賓の中にいる。横向きで白の詰め衿の夏服にサーベルを右脇に置きすんなりとした姿勢で清潔であった。父は警官である。嬉しくて音楽に乗って進んでいると周囲の皆が騒ぎ出した。

何事かと貴子は周りを振り返って見ると、貴子と後ろの女の子の二人が円を離れて来賓席の方に進んでいるではないか。恥ずかしさですごすごと円の中に入った。

貴子は失敗したが運動会後教室での先生は、それに対して何の言葉をもはさまなかった。帰宅した父も笑みを含んで何も言わなかった。貴子はこの日の父の男としての美しさを感じた。

ストーブ

英彦山の麓添田は雪深い町である。

コークスの燃える煙突のないストーブを母は毎夜熾《おこ》してくれた。

お座敷に一人何処の子供か知らないが男の子が座るのである。

貴子もお相伴をせざるをえなかった。

二人の間に会話もなく、唯ストーブの隙間から赤々と焔が変化するのを二人で見ていた。

全身暖まりながら庭の雪積もる蜜柑の枝が時々バリバリと枝折れる音、続いて茂った広葉に積もる雪がザーと落ちる音を聞きながら時間の流れを感じていた。

食卓

火鉢や炬燵があるのに添田に来てわざわざ父が注文した六角形の食卓は、中央に大きく切り落とした穴があり、七輪を置き、具の一杯つまったお味噌汁の鍋が掛けられ、家族は囲んで暖かい夕食をいつも味わった。

歌声

初冬の頃、蜜柑の木々のある広い庭を塞ぐ様にある隣家の酒造りの漆喰の白壁の高窓から、酒を仕込む杜氏の歌声が聞えた。

何とも言えぬ男達の暖かい清楚な歌声はいつまでも心に残る。

日を経て酒造りの家人が酒柏餅と奈良漬、日本手拭を盆にのせて、今年の新品の挨拶にこられた。貴子は見えぬ杜氏達に有難うと小さい心を伝えたいと思った。

国旗

小さい時博多の警固の家で見た菊の御紋の浮き出た黒の冊子に、両陛下のお姿や精巧な馬車や二重橋を貴子は教室で先生のお話で思い浮かべた。

先生は「近々皇后様にはお産が始まります。男のお子様でありますよう神社に皆でお詣りします。一年生の貴方達もお願いしましょうね」と学級毎に列を作り、山の中復の神社に祈願した。

良子皇后のふくよかな暖かいお顔、精巧な織地のお召し物、小さいながら貴子は皇室が身近に感じられた。

数日後男子のお子様の御出産の報が伝えられると、内陸の添田の町も家々に国旗をかかげて静かにお祝いをした。

微醺《びくん》

壮年の父は勝ち気な母と違って和やかで優しかった。父方の祖父に丁寧に育てられたのか、子供達にさん付けで呼ぶなどした。

さんづけは貴子にはいつも冷たく響いた。

貴子は幼稚園に行けなかったので尚のこと、よその母親達が「鈴子ちゃん」とちゃん付けで呼ぶ家庭の和やかさが目につき羨ましい思いをした。

晩酌をすませた若い父は隣室の座敷に頬づえをついて腹ばいながら「和久、僕は将来何になるのかな演説してごらん」と聞かれ三才の弟は応接台に這い上り「僕は大きくなったら総理大臣になって悪人をボコボコにやっつけます」「オイオイ総理大臣はそんな乱暴な事はされないよ」

「そうなの、僕じゃあ陸軍大臣になって悪い人を成敗します」

「そうか大きくなったら偉い人になって下さいね」

ほろ酔いの父は満足そうに弟の頭を撫でた。

弟の演説は父の在宅時の夕食後いつも望まれた。

数年して和久が小学校に入学すると、小さな剣道道具を取り寄せて親子で素振りや、お面を付けての剣道の基礎を繰り返し庭で始めた。おとなしい弟は貴子と同じく100点組である。

ちなみに和久は大阪陸軍幼年学校に入学し敗戦の年は十八才であった。

新憲法の公布、極東軍事裁判が東京で開かれている年、弟は旧制福岡高等学校（今の九州大学教養学部）を卒業し、九大の本科に進むものと思っていたのに、ストライキの続く敗戦後の日本に警察隊が設定されると弟はエリートのコースを投げうって警察隊に入隊した。陸軍幼年学校入学時、身元引き受け人は武藤章少将である。首相東條英機氏と共に行動され共に極東東京軍事裁判で処刑された。

軍人市民の大多数を戦火で亡くし、戦さに次ぐ戦さに、国民は生活の土台をも失くし、灰色のトンネルを長い年月潜り、やっと陽の目を見たのである。

国民は口にこそ出さぬが災害を大きくしないうちに、終戦の決断が早期にあったのではないか、又戦略は外にもあったのではないかと、沈黙のまま問うているのである。

身を挺して国の防波堤になられた多くの将兵の方々を思うと、弟和久はいたたまれなかったのであろう、「国を護る」大切な軍隊の基礎創りに参加する一念で微力ながらエリートのコースを捨て警察隊に入隊し、地を這う警察隊の行事を貫いたのである。

数年後弟は白血病になり、多くの隊員の方々の尊い輸血を戴きながら亡くなったのである。

病院は白血病の先例もないので、解剖して関係する部位を戴きたいとの申し出に、二十六才の貴子と二十二才の下の弟が立ち会った。下の弟は一橋大学卒業間際であった。

医師や看護婦の黙礼のうえ、粛々と解剖されるカチャカチャと器具の小さな音を聞きながら、緊張の余り気の遠くなる思いで解剖の終了されるのを待った。

隊員の皆様にお茶菓子でもと暗い病院の坂を下りながら、秋のすだく虫の音の清らかな波状に、初めて貴子の胸に溜めていた弟の短い一生に涙した。

アルファ

晩年の父は十二師団のある久留米に居住した。

明治維新後、国民皆兵制度が課せられ、田舎の青年である貴子の父は徴兵され、第一次世界大戦の青島のドイツ兵の捕虜の取り扱いに勲章を戴いたのである。

その時の上官が藤田少尉であり二人の交際は老年になっても続いていた。父は公務員を退職し藤田少尉だった青年は老年の藤田大佐となられ、敗戦間際まで兵卒の手綱で乗馬されて父の元を訪れては囲碁を何面か打たれて帰られるのである。

敗戦後消息は皆無で再び藤田大佐とはお会い出来なかったが、寡黙な父が初めて藤田大佐から聞いた「兵の増設により大本営に連隊旗を戴きに行く」とか敗戦間際に「蘭印の司政官を拝命したので出向する」の言葉が印象的であった。戦争末期の占領地への任務に父はこの時静かに二人の別れを惜しんだと思う。

弟が陸軍幼年学校に合格し身元引受人を依頼したのに藤田大佐は「大佐は浜の真砂の様に多い、私がなるよりも私の同期に一人これはと思う人がいるので、その方を身元引受人に戴く方が将来貴方のお子さんの為にいいでしょう」と紹介されたのである。

弟はその身元引受人の遺志をつないで、国を護る為警察隊に入隊したのである。

白血病で遺志を中断したが男のロマンとは言えないだろうか。

陸軍の全責任を国民が批判しているのを熟知している弟は、姉の貴子にもひと事も苦悩の言葉を表現しなかった。陸軍幼年学校の、いや士官学校、陸大も解体され数十日後帰宅した弟は一切語らなかったが、多分広島に途中下車して大きな敗戦に起因した広島の街の細部までをも歩いたと思う。

貴子は弟の死亡で色々と考えさせられた。

添田の新しい校舎

貴子が二年生になると近道を通って通学した小高い台地の古い学校は廃校になり、町の南側の広大な平地に幾つかの町を統合した大きな新しい尋常高等小学校に移った。

正月と三大節は子供ながらすばらしいと思った。尋常高等二年生のお姉さん達から、尋常小学一年生に至るまで赤い袴で列席したのである。貴子の式服の一枚目は緻密な木綿の染め紋の黒紋付の長袖に油絵の様な松竹梅が描かれ、二枚目は時には福岡で着ていた縮緬の長袖と袴で列席した。

式後教室で先生から西洋紙の上に饅頭を二つ戴いた。翌年は饅頭が蜜柑三個に変わった。楽しみにしていたのに。

葬　式

学校から帰宅すると、大きな酒造りの隣りの平屋と畑の間の小径に、奥から白、黄、青の長い布の旗が左右の垣根に六本垂れ下がっていた。

貴子の家はその奥にある。

家の誰かが亡くなったのだろうか。貴子は初めて見る旗で何か不吉を連想した朝学校に出かける時は何事もなかったのにと、小学二年生の貴子の頭はくらくらして家に入った。

家の中は見知らぬ小母さん達や小父さん達が行ったり来たりしている。

座敷と次の間の襖、障子、家具が取り払われて、現代と違って簡素な祭壇が飾られ祖父がうろうろしている。あっ祖父は生きていた。では誰だろう。貴子は知らない小母さん達に聞くことも出来ず潤む目で台所を見た。

母がよその人よりも忙しそうに里芋の皮を剥いていた。母は大丈夫と貴子は思った。

祖母は納戸の側に坐っていた。祖母は大丈夫と貴子は安心した、では父なのかしらと涙が浮かんだ。どうしようと思った時祖父が貴子を見つけて手まねきした。

祖父の話によると棺の主は門前の平屋の一人息子さんで、夏祭りの山車《だし》が倒れて担ぎ手の息子さんが亡くなられた。事故は一瞬の下敷きである。この知らせを受け町を上げて息子さんの葬儀をしようと、村長さん始め町の主だった議員が動いた。

町の沢山の人に葬儀に参加出来るように、広い庭のある家を条件に探され、隣りの我が家が選ばれ父の元に議員達が交渉に訪れ父は申し出を受け入れた。

家族がどう動けるかは未定であるが承諾した。台所の主導権を取られた家族は、夕食の「オトギ」を戴くのに子供ながら抵抗があった。何故なら横に坐られた喪主の小さな老夫婦は涙も見せず一点を見つめたまま沈黙されている。

ありのまま泣かれてもいいのにと貴子は食べ物が喉を通らず少し戴いて引き上げた。お気の毒でおだやかな小さな老夫婦はこの先何を頼りに生活されるのかと小さい胸を痛めた。

翌朝登校して帰宅すると。小径の白、黄、青の六本の旗もなく、お座敷は元に戻り家族だけとなった。あの騒々しさは一瞬のようだ。

前の家の老夫婦はひっそりと暮らされていた。

芝居

大博劇場は博多の街中にあったが、添田の芝居小屋は駅の後ろの山を切り通した大通りに沿って、田園の中に大きな芝居小屋があった。小屋の三階の小さな窓から大きな太鼓をはじく様に細長い桴《ばち》で朝はお客さんおいでおいでと叩き、夜終了すると微妙に違った旋律でお帰りお帰りとの太鼓を聞きながら、お客は上気した顔で帰っていった。

中でも「阿古屋の琴責め」「奥州安達原（袖萩祭文）」の盲の母親を導く少女を自分の事の様に貴子は心配して帰った。

お祖父さんはいつも貴子を誘った。観劇するのはよいが夜中の帰宅は眠いのに家まで歩かねばならない。眠い貴子は家までの道のりが遠く感じられていつも断るのであるが、祖父は色々と品を替え誘うのである。

あの日は五銭の塩豌豆《えんどう》の一杯つまった中袋を買って貰った。

芝居小屋に入ると下足番を通り、長い前掛をしたお姐さんが煙草盆と座布団を持って、座席の枡に案内するのである。

鳴り物入りで観劇を終えた祖父と貴子は切り通しの山の側の踏み切りを渡り帰宅した。

貴子は翌朝その踏み切りで五銭のうどんを食べて男性が自殺した事を知り、同じ五銭でも使い方が色々とあるのを知り、もう少し高価な物を食べればいいのにと悲しみ、お金の難しさを感じた。亡くなられた男の方は五銭のうどんで満足されたのだろうか。

サーカス

山土の多い添田は夏休みの頃に初めて土がからっと乾くのである。貴子達子供もなんとなく楽しいのである。山の切り通しのそばの駅の通りに、サーカス小屋が組み立てられブカブカと吹奏楽のジンタが朝も夕も鳴った。子供達はせきたてられる様に小屋の椅子に座り、食い入る様にサーカス、手品、踊りを見た。踊りは唄に合わせて覚えた。後で貴子達はいつも遊ぶ日当りのよい裏山の堤の側の小さな鎮守の台地で、サーカスで覚えた唄を歌いながら繰り返し子供達は輪になって踊った。手足も汗ばみ楽しかったのを覚えている。

明くる年二度目のサーカスで意外な事があった。この辺鄙《へんぴ》な炭坑町に金髪の均整のとれた美しい若い白人の女性が出場したのである。透視なのか彼女は目隠しして客の中から何かを探すのである。貴子の側の通路を一歩ずつ鼻息、否《いな》、胸を波たたせ呼吸をはきながら歩くのである。静けさを好む日本の女としては恥じ入る事であるが、何かしらこの辺鄙な田舎にまで来るには、相当な苦しい悲しい決断がある筈である。貴子はレースの小さな硝子玉のキラキラした服、透ける美しいピンクの肌に悲しいものを見た様である。

何故逃げなかったのか、少しでも貴方のお国に近よればいいのにと貴子はいつまでもこの女性にこだわった。

結婚式

「只今」と学校から貴子が帰宅すると「貴子さん、貴方は結婚式にお呼ばれしているので直ぐ行ってよ」と母は言った。冗談でしょうと貴子は思った。小学二年生なのにお呼ばれなんてありえないと母の言葉を跳ね返した。

然し母は貴子の外出着を用意して待っていた。

「お母さんが行ってよ、子供が行くのはおかしいでしょう」貴子は譲らなかった。

「先方が貴方に出席して欲しいと待っていらっしゃるの」母は使命を感じたのか懸命である。そして「時間がないのよ、お式が始まる頃よ」と心配そうに顔を曇らせた。

貴子は根負けして母の用意した濃紺のビロードのワンピースを着て、酒造りの店の前の素封家の家に走っていった。

素封家の黒い門はいつもは閉まっていた。高い塀に囲まれて近寄りがたい門であったが、今日は貴子を迎えた。

広い式台には割烹着の小母さんが「もう式が始まるよ、早く席にお坐り」と嬉しそうに迎えた。

襖を払った二間続きの部屋は南の庭に面して白い障子に秋の残照が刻々と変化していた。貴子が緊張したのは室内である。一の膳、二の膳の並ぶ室内の両側にそって威儀を正した黒紋付袴の老人達が白い扇子を前に座していられるのである。貴子はその末席に坐った。それまで向かいの列の末席に所在なさそうに坐っていた男の子も貴子を見てきちんと坐り直した。

貴子はこの男の子と参座している事で、ここの素封家の主が新婚夫婦に健康な丈夫な子供を期待されているのを悟った。

式は滞りなく進んだ。三々九度も終わり老人達の晴れの日を謡う嫋々《じょうじょう》とした音調はあの住吉で聞いた二人の老人の音調と同じであることに気付いた。

秋の陽は釣べ落しの様である。

暗くなる部屋に次々と燭台が置かれ、その灯りでかろうじて奥の部屋に退く花婿の姿が見てとれた。貴子は部屋の雰囲気として何かを極める厳しい顔を想像していたが、意に反して花婿は黒縁眼鏡のポッチャリとした若旦那風であった。

先に奥に入った花嫁が大きな熨斗《のし》を三方に載せて再び現れ三方を棒げて熨斗を踏み始めた。

簡素な式服の花嫁は馴れない足踏みを間違えぬ様に全身緊張されているのが判る。彼女は踊りの素養がないのか三方に両腕を延ばし過ぎて、三方に操られている様に見えた。

彼女は細面の小柄な女性である。笑いの多い生活であって欲しいと貴子は思った。

高揚した部屋を燭台の炎がめらめら燃えている。何処か障子を少し開けているのか。その時向かいの列の中央の席から黒の式服の老女が立ち上がった。列席したお客の中で女性はこの女性唯一人である。ムッチリと小太りの小柄な彼女は束髪で色白く、素顔の様であるが手入れは行き届いている。老女は正面に進み出て蓄音機の童謡にあわせて踊り始めた。

差す手引く手舞いの手ぶりも、足の上げ下ろしも精彩があり鋭く、日本舞踊の高さを貴子は初めて知った。と同時にこの女性を始め全員を招待した素封家の主人の交際の広さを貴子は感じた。

蓄音機の童謡は部屋一杯に鳴り響いていた。

童謡『黄金虫』　作詞　野口雨情
黄金虫は金持ちだ
金蔵建てた蔵建てた
飴屋で水飴買って来た
黄金虫は金持ちだ
金蔵建てた蔵建てた
子供に水飴なめさせた

釣り紐

晴れた春日、貴子は友達の家に行こうとして庭を出ようとした。

庭の南西の隅の小さな堀に今年一年生になった和久が、荒い木の柵を越えて石積みの堀の縁に足を垂らし短い枯れた節のある四十糎程の小竹に白い紐を下げ魚を釣る姿勢である。

貴子はおとなしい弟に声をかけようとした時和久の横顔を見た。

和久は顔を春日の空に向けて楽しそうにしている。

あんなに楽しそうにして何を見ているのだろう。

後日弟のいない或る日、貴子は釣竿の小竹を見つけて荒い柵を越え堀の渕に足をたらし釣竿の白い紐をたらした。紐の先には釣り針は無い。

あんなに楽しそうな表情は何処から来るのだろう。

貴子は空を見た。澄みとおった空に何も浮かばぬ。

では前方の隣家の平屋の黒い屋根瓦を見た。何も浮かばぬ。

貴子はやっと和久の心の中の楽しい思いが表情に出たのだと思い至った。

貴子はこの座、堀の渕から脱出しようとした時、七十糎の高さの荒い自然石の石垣から、細い小さな蛇が貴子のいる対岸の石垣に向かって泳ぎ出した。

小さい蛇の周りに綺麗な漣《さざなみ》が立ち前進する。貴子は驚きで動けなかった。

小さい堀なので思いの外早く足先の下の水面に迫った時、貴子は咄嗟に体を後ろに倒し柵を掴み足を宙に上げ体を捩り柵の外に出た。

夢中である。

蛇からは逃れたと思った。

やっと安心した貴子は手に持っていた筈の小竹を探した。

堀の渕の周りには小竹は見当たらぬ。

恐る恐る堀を覗くと小竹は水面に浮かび、細い小さな蛇の姿は無かった。

大牟田

三年二学期に父の転任で大牟田市第四尋常小学校に転校し、一年後又田舎の小学校に転校するのである。

山々に囲まれた炭坑の町添田。

桃源郷の様になつかしい小さな町。

色んな人々の職業は違っていても暖かさを感じた添田。家族と共に多くの人々と別れを惜しんだ貴子は、心の中で添田の町は捨て難い物が一杯あった。次なる街にも楽しい物を見つけようと汽車の中で心に決めた。

大手の炭坑街大牟田市は繁華街である。舗装された道に区分された大天地は映画館が三つもあり、人々は忙しそうに歩いていた。

映画はその当時、弁士が物語やストーリーの中の男のセリフ女のセリフを一人で情操豊かに表現していた。或る日若松の祖父が来て「貴子映画館でトーキーと言って映画の中の人々の声が出るそうだよ、宣伝では見逃すと二度と見られなくなると言うので一緒に見に行こう」と誘うので祖父と見にいった。

この映画で見納めかと思っていたらその後の映画総てトーキーになった。

初回のキングコング、ターザンからニューヨークの大都会の大洪水の映画を記憶している。洪水の表現はアメリカの映画関係者が実像を知らなかったのか、横並びに一方的な大波が次々押し寄せ高層のビルを飲み込むのである。

二〇一一年三月一一日東日本大震災は最大の衝撃を受けた。貴子の八十六才の春である。各地の罹災者が手持ちの携帯カメラで写した津波を、テレビで見る事ができて初めて潮流が大地震で右から左、又は左から右へと引いたり押しよせたりして、波の高さが二十メートル以上ぐいぐい盛り上がるのである。

波のメカニズムが判ったが、この波に襲われれば生きる事の難しさを与えた。遭遇して亡くなられた多くの方々の悲しみは消えることなく続いた。

学友

学校は楽しかった。いつもの様に姿勢を正しくし先生の目と口元を見つめて教えを受けた。先生は繰り返し基礎を教えられ色々と展開するのである。貴子は来学期には前の学校と同じく級長になった。

貴子が頭のいいのでもなんでもない。あれだけ先生の教えをしっかり聞けば誰でも出来るのである。貴子は教えを忘れなかった。

大牟田の友達は明るく暖かかった。

漬物屋の尚子さんの家にバケツを持って買いにいった。入江の倉庫の大きな秤《はかり》に黄色に漬かった大きな一株の高菜をバケツに入れて計るのを尚子さんが慣れた手つきで分銅を動かしていた。

デリケートな学生の薬局の娘の桜井さん。

それから忘れられぬのは慶子さんの家に遊びにおいでと言うので、教えられた通りの家を訪れた。慶子さんの家は普通の家と違って打ち水をした家で、柱も桟も朱塗りで渡り廊下の小さな擬宝珠《ぎぼし》の欄干の橋も同じである。

渡ると一部屋一部屋に髪を乱したりネッカチーフをかぶったお姐さん達が、雑巾を足で廊下を磨いている場面に遭遇した。

この方達も生き方考えがおありだと貴子は理解して自然体で「今日は」と明るく声をかけた。色々の考えをお持ちの女性達も女の子の来る所でなかったので女達は奇異な感じで迎えたと思う。

慶子さんはさばさばとしたはっきり物を言う女の子である。姐さん達を束ねようと小さいながら努力しているのが見えた。誰も経験出来ない一日を過ごした。

慶子さんとはうまが合うのか長くつづいた。

小　言

大正町四丁目の大きな燃料店に隣接する我が家は二階建である。

晩秋の夕暮、隣家との細い通路を通り台所に入ろうとした貴子を母が離さず小言を言い始めた。余り叱られる事の少ない貴子に帰宅の遅い事を理由に始めたのか、母に寄りつかぬ貴子をこの時とばかり母の感情が爆発したのか大声で長々と三十分程続いた。

貴子は終始無言を通した。釣べ落しの秋の陽は暮れやすく隣家の灯りに母は気を取り直したのか台所に入った。と同時に隣りとの境の黒い板塀の裏木戸が開いて、貴子の腕をつかんでぐいと隣の庭に引き込んだ。

お隣りの若奥さんが唇に人差し指をあてて貴子に静かにと示し、小声で「家にお上がり。小母さんが責任持つから」と言って母屋の南向きの廊下の庭につき出た二間続きの部屋に案内された。

小部屋は浴室の隣りの化粧部屋で大きな鏡の前にお化粧瓶が一杯並び、籐椅子やバスタオル毛布等ふわふわして、映画で見た西洋の化粧室そのままで、婦人がこの家で大切にされている事が判った。婦人は貴子の母の小言の声、否、家々の灯りの付く前に帰宅した貴子に大声の母の叱声を浴室で聞かれた。体格のよい婦人は、母の言葉に親として自身を正すべき事が含まれているのに気付き、貴子を守ろうと行動されたと思う。叱る事より教える事が先である。

これ位の事で叱らぬ母親もいるのに叱るには命の危険にさらされないよう咄嗟に叱り護る一瞬がある。母は自身の感情を抑制出来ず三十分叱っていた。

婦人は急いで風呂から上がり、とりあえず着物の袖も通さず急いで着物の前身頃《まえみごろ》を抓《つま》んで、貴子を心配して下さったのである。

貴子は叱られているのを見られた事で恥じ入り体の震えが止まらなかった。

理解して戴いた婦人の行動に感謝する行動が出来なかったのをいつまでも後悔している。大きなお店なので子供が小母さんと言ってお礼を伝える度胸がなかった。貴子は小学三年生である。

忘れぬのは婦人が「責任を持つ」と言われた先進的な言葉をあの当時外の女性から聞い

た事がない。

燃料店も合名会社の大きな店で人の出入りの多いのを見ると、若い婦人の聡明な見識が大きかったと思う。

貴子は後年まで心の中であの日の黒塀での出来事を想い、隣家の若い婦人に感謝している。

芸妓

お正月は静かである。父も弟達も年賀に出かけたのか、母と貴子が家に残った。

静かな我が家に夕方若い芸妓が父を訪ねて来た。

「主人は生憎《あいにく》年賀の挨拶に出て帰っておりませんが、そろそろ帰ってくる頃と思いますのでお待ちになっては」との母の言葉に若い芸妓は「お言葉に甘えてお待ちします」と待つ事になった。

母は急いで応接台にお節料理を並べ始めた。その間若い芸妓は二階の踊り場の窓から大通りを眺めている。

お客を一人にするわけにいかぬので、着ぶくれた貴子は芸妓のそばに寄った。鬢付油の日本髪には稲穂が揺れ張りつめた首筋を見た。冬なのに赤い半衿も黒紋付のお衿も薄く、首筋にしんなりとまとうている。全身薄着で裾を引く芸妓は大きな人形の様である。これも修練された賜物だろうと貴子は驚きの目で見上げた。

若い芸妓は憂いを含んでいた。何か心配ごともしくは父に逢いたい為、これは心配だと思った。わざわざ逢う為家に乗り込むなどされる筈はない。子供もいるので興醒めの筈なのに。

母が「どうぞ」と下の部屋に招じ入れた。

若い芸妓に母は皿に色々と料理を取り分けて客に勧めている。

貴子は二階に上りながら「これは母と芸妓の女の戦いである」と嬉しそうに笑った。

父はその夜遅く帰宅した。芸妓は逢う事もなく帰っていった。

母も父もその夜も静かで貴子の考え過ぎを心の中で笑った。

お寺

大牟田は一年の短かさであったが、暖かい人情で明るかった。

裏のお寺ではよく説教が行なわれていた。

お話が面白くてお年寄りの側で聞いた。

悲しい話、失敗の話、誰もがする癖等。一つ一つ取り上げると立派な話になる、貴子は坊さんの話にいつの間にか涙を流していた。

鐘が鳴ると貴子は急いでお寺にいった。

渡瀬

渡瀬は大牟田署の管轄である。

父は渡瀬の駐在所勤務になり、一家を上げて移転した。

駐在所は駅の側で霙《みぞれ》が降ると道路も家の周りもびしょびしょになった。

そんな夜、筵の旗を立て鐘や太鼓を叩いて、ひと群の村人達が霙に濡れながら「みつえヤーイ」と子供の名を声を限りに叫びながら町を遠ざかっていった。他所の村人達である。霙の撥ねる窓辺、貴子は布団に坐り耳をふさぎたい思いで聞いた。迷子なのだろうか、人さらいの故だろうか。

田園の東は山々が連なっている。早く見つかるといいのに、両親はどんな思いで探されているだろうかと当分の間自問自答していた。日当たりのよい裏庭に空井戸があり、耳をそばたてると井戸の底からシュウーシュウーと不気味な音が聞こえて来る。毎日の事なので地の中は空洞でいつか突然地面が崩れるのではないかと心配し、井戸の周りを恐れて近よれなかった。

数ヶ月して駅から南に六百米《メートル》先の大通りに面した赤レンガの塀を巡らした屋敷に移った。

前庭はレンガを巡らし並通の家の庭は松とか紅葉をあしらわれているのに、この家は何故か山桃が幾本も庭石の点在する根本に常緑の葉を美しく茂っている。

梅の老木が一本座敷の縁側のお手洗いの石の側に早春になると幾輪かのかぐわしい花が咲いた。

敷地の東南の隅に黒い扉の門がありその通路は庭の側面で途中木戸を開けると本玄関の式台が広く、床は高かった。通路の奥まった二枚の硝子戸が彼女達家人の入口である。入口を開けると机、椅子、戸棚、電話があり派出所の形容がなりたち時ならぬ来客もある。

貴子が帰宅すると母がぶつぶつ怒っている。どうしたのかと聞くと、先程着物を着た老人が来て「新しい部長さんがこられたのでご挨拶に参りました」と言って不在の父に「これはお印です」と言って品物を置いて帰られたの、包を開けて見ると「新しい出刃包丁」でね、こんな物戴いた事がないのでどうすればよいのか、と母の心は穏やかに治まりそうもないのである。

父が帰宅してこの老人は前科十一犯の親分さんだよと教えられ、母はその後この事について何も話をしなくなった。

父は親分を呼び出して出刃包丁を返した。

父は「素人さんに出刃包丁を出さぬように、皆さんが怖がりますよ」と自然体で話すので、老人は何を思われたのか素直に受け取り帰っていった。

害虫

転校生の貴子は教室では沈黙した。いつもの事である。教室の何もかも判らず安易に発言することによって、生意気のレッテルを貰い交友関係の損なう事を恐れたのである。

貴子は新しい先生の目と口元を穴のあく程見詰めて学習した。

夏休みになるとお座敷の後ろの三畳の勉強室の窓に、水を張った稲田の青葉が風に揺れ清々しい。

その青葉につく稲の害虫を採取する事を学校は宿題とされた。貴子の経験としては初めてである。

帽子をかぶり思いきって田圃の中に足を踏み入れた。水は生温く底の泥はぬるっとしている。貴子は飛び上がる思いで一歩一歩田圃の中央に歩み出した。

田圃の水は澄んでいた。一枚一枚稲の葉の表と裏を調べ始めて貴子は虫の種類の多さに感心した。どれが害虫か良虫かは貴子には判らない。

人の顔ではないが人相の悪い、いや虫の姿の悪そうなのを選んで採取した。

学校でどんな評価を戴くかしら。

貴子の手持ちの紙袋が虫でふくらんだ頃、道ゆく農家の老人が「嬢ちゃん何しているのか」と声をかけた。

貴子は「害虫を取っているよ」と袋を高く上げた。

老人はふくらんだ袋の大きさに驚いて「ちょっと見せてそんなに多いのかな」と言うので貴子が田の中から歩み寄って来るのを待って袋を覗いた。

ゴソゴソ音たてて動いている虫は害虫ではなかった。

空に放って害虫が三匹だと老人は選り分けてくれた。

老人は「害虫が三匹でよかったよ」と笑って遠のいて行った。貴子は萎んだ袋を高く上げて有難とうと叫んだ。貴子はオタマジャクシのぬるっとした表皮に触れる度、悲鳴を上げたい思いで水田から引き上げた。

苺

晩春、教室で「家に遊びにおいで」と誘われた。貴子は誘いに応じた。一度断ると二度とお呼びがない事を知っているからだ。

県議の娘ではきはきして物を一刀両断する様な言葉づかいを幾度も見ているので、とにかく応ずる事にした。

田舎の道のりは遠い。点在する農家に道を尋ねつつ小さな山を登った。

友達の山は伐採されて木は無く全山美事に開墾され赤土の道の片側に敷藁《しきわら》された苺畑の列が螺旋状に頂上まで続き、新鮮な先端の農業を見たと思った。昭和十年である。

中年の従業員が膝をついて敷藁をしたり苺のつき方を見たりしていた。

家は頂上近くの漆喰の家である。

はきはき物を言う娘と違って県議の妻はお嬢さん育ちをそのまま中年にしたような、弱々しいが品のいい母親で、遊びの後帰ろうとする貴子に夕食の用意をしたので食べてゆくように引き留められた。

女中のつぐ部厚い大根は白い所が所々あって甘く醤油の香りがたちおいしかったのを覚えている。どうして他所の料理がおいしいのかしら。

頂上までの苺の道に間隔を置いて、こんもりと黄色の花の咲いた山吹の叢《くさむら》が薄暮に浮き出て印象的であった。

障子張り

秋に入る頃若松の祖父夫婦が遊びに来て、前庭に面した座敷と二間続きのお縁の障子、中庭の仏間と居間の縁側の障子と離れの縁側の障子が取り払われて、古い障子紙を子供達で剥いだ。剥がれたふわふわの白い紙は座敷一面に波打って壮観である。

仕事の早い母はその間に米を洗い手早く干して、家庭用の手回し機具で洗米を挽き、その間に小豆を煮、餡を作り大皿一杯に団子を作るのである。

大喜びで思い切り頬張る子供達を見て母も祖父達も笑っていた。

離れの部屋は女学生の姉が一人で使っていた。貴子にいつも命令口調で物を言う姉が友達と障子の閉め切った奥で、楽しそうに友と笑い声を立てているので知らない世界を見たように思えた。

台所のお酒

学校から帰宅した貴子は手を洗う為台所に入ると、台所の板の間に見知らぬ寡黙な男が一升瓶と漬物皿の前で酒を飲んでいた。

驚いた貴子は目礼してその場を離れ母のいる部屋に入り「あの方はどなた」と聞いた。

母は「村の消防夫の方でお父さんが色々お世話になるので、家にこられた消防夫の方に家にあるお酒を出すように言われたの、私がお相手するより一人の方が飲みやすいだろうと席をはずしているのよ」と説明した。

話題の少ない直情的な母にはお酒のお相手は無理である。

その後も二人だったり一人だったりして、家で一時を過ごされ静かに後片付けをして帰られていた。

父はいつも不在で、共に酒を酌み交す事は皆無であった。

茶筒

若松の祖父夫婦はいつもひと月程貴子の家に滞在して帰っていった。

滞在の終わりの日はいつも滞在費を渡そうとする祖父とそんな事を拒む母がいたが、祖父は必ず置いて帰った。

祖父夫婦が帰った日、学校から帰宅した貴子は珍しく喉が渇いたので、お茶を飲もうと幾つもの茶筒の一つの蓋を開けた。

その中に丸めたお札がびっしりと詰め込まれていた。

祖父の滞在費である。

新任の村の駐在所は交際費がいる事を、祖父なりに勘案して多めに入れたのであろう。

お政《まさ》さん

学校から帰宅した貴子にお使いに行くよう母が言った。何でも裏の家主さんだと言う。

そう言えば家の勝手口の空地に向かい合せに細長い二階家がひっそりと建ち、一階の表には材木が立てかけてあり、入口には一枚の木戸が閉まっていてそこに時々中年の均整のとれた身軽な中年の男と出会う事がある。

静かで感じはよかった。

入口の木戸を開けると一階は大工道具庭の手入れの鎌や笊等が整然と壁に納まり女性の訪れはない様である。

腰の低い家主からお使いのことづてを聞き教えられた道を進んだ。

学校を行き来するだけで、まだ町までは行った事はない。

大通りから西の分かれ道に入り橋を渡ると川に沿って楠の大樹が枝を広げ、その陰影を受けてひっそりと東向きの硝子戸の大きな町家があった。

多分ここだと思い硝子戸を開けて来訪を告げた。店の土間の幾つもの陳列棚には品物はない。

奥から貴子と同年くらいのほっそりとした少女が畳に両手をつきお辞儀をしながら「いらっしゃいませ、何の御用ですか」と透き通る声で来意を促した。彼女は木綿の縦縞の柄の筒袖で向こう脛の見える短い着物で素足であった。

こうまで子供子供した子を削《そ》げさした家人はどんな人だろうと怒りを以て「お政さんはいらっしゃいますか」と告げた。

少女は次の間に入り来意を告げると暫くして着物の上に更に褞袍《どてら》を着流した骨格の太い大女がソロリソロリと出て来た。

赤ら顔の眉の濃い目の大きな女性で動作も声も貴子には初めての異形である。恐れを感ずるのが普通であろう。

足は素足、いや紫色の別珍の足袋をはいていた様だ。

貴子は「今日はこれない、と伝えて下さいとの事です」と中年の家主の言葉をそのまま告げた。

立ったまま一瞬褞袍婆さんは口元に指を当てて考えていたが「そうですか、お使い有難う」と言った。

褞袍婆さんは家主の来るのを期待していたのだろう。

貴子はどんよりとした空気の店を後にした。

何でも貴子達が今住んでいる屋敷は建てたものの争いの火中で、清涼剤として父に住んで欲しいとの申し出により屋敷を急遽交番駐在所にされたのである。

新暦の正月

貴子は不思議で説明がつかなかった。

一月一日の新年にどの家も注連縄《しめなわ》が下がっていないのである。

学校はお休みなのに新年の喜びが伝わらない。おかしいので父に聞くと「この村は旧正月をする習わしで旧正月の時は賑うだろう」と笑って言った。

治安に重きをおく父はこの駐在所に力を入れているとみえ、日ならずして駅前の料亭三川屋からお椀、お皿、杯、徳利、膳等の食器類の外大鍋等が持ち込まれ、当日は休みの三川屋の料理人が来て、広い台所で羊羹や煮物、刺身が次々に見事に出来上がり、一の膳二の膳が座敷に並べられた。

お手伝いはお隣りの材木屋の奥さんのお世話で十名近くの娘さんに来て戴き、宥和的な村長さん始め村会議員消防夫の皆さんが来られ座敷は賑々しく六十名の一座となった。

村の人々の明快で明るい野太い声の一座は団結して進行してゆく、歌あり踊りあり手拍子ありで、住みついた迷い三毛猫を抱いて勝手口にいる貴子には声だけで座敷の賑いを感じていた。

来客の一人一人が大籠にミカンを持参したり天秤の前、後ろの盥に鯉を一杯担って来て、洗濯盥にざーっと移す時の鯉の跳ねる水飛沫等、村の人々の善意が有難く楽しく戴いた。沢山の鯉は料理人が三枚におろし味噌漬にしてくれた。

翌日は母が一人で昨夜の料理で一の膳二の膳を作りそれぞれに謝金を包み、材木屋の奥さん始めお手伝いの十名近くの娘さんにお礼の食事会を開き新正月は無事に終わった。

三川屋の食器やお鍋を返すのに家族も三川屋の従業員も品物を抱えて行き来した。

終わり頃に障害者の青年が「小母さん三川屋の女将《おかみ》さんが穴のあいたお皿が帰って来てないと言っているよ」と告げた。

「穴のあいたお皿、そんな物は見なかったよ。第一穴のあいたお皿は役にたつのかな」と皆頭をかかえた。

夕方青年が再び来て「小母さん、大きな笊がまだ帰って来てないよ」。

「そう言えば洗った食器の水切りに使った大きな笊はまだお返していない筈だ、女将さんに遅くなってすみませんと言ってね」とお断りを言って手渡した。

お縁

田川高等女学校から大牟田高等女学校に転校した姉は、琴を習いたい事とお琴の購入を父にお願いした。大人になりゆく過程の一環である。

お稽古は日ならずしてお琴の先生に歯科医の娘さんを父が紹介した。ふくよかな顔だちの娘さんは着物のまま琴を抱えて気軽におとずれ、東向きの座敷の二間続きのお縁でお琴のイロハから教えて戴いた。

貴子も琴の爪を初めて指先にはめ弦の音を立てる喜びを初めて味わった。

お琴の先生のきもいりで品質の良い琴を買い入れ単調な初歩の「さくらさくら」を琴で弾くと先生はそれに併せて華麗な伴奏を琴で合せてくれた。何だか完成した喜びと高揚した気分で、楽しい琴のお稽古は姉も妹も翌年の転居するまで続いた。

父はその頃から日曜日は家にいる事もあった。明るい陽射しの縁側で黒漆の桐の刀箱から中振りの刀を取り出して打ち粉をして丁寧に磨くのである。刀は刀剣磨屋に磨かせ木の白鞘を新調し大事にした。

磨かれた刀身の面は明るいお空の青い色で、刀の刃にそって白い波状がみられ鋭くはなかったが品格があり、見ていて引き込まれる思いがする。無名であったが研磨した刀剣屋は三條小鍛治宗近の作ではないかと父に告げた。父は大層驚いたが子供達貴子には、父から聞いた謡曲にある「小鍛治」によると刀を打つ鍛治屋のお相手を狐の化身が手伝ったと言われ、狐だったのか神の化身だったのかその方に興味があった。

久留米市に転居してこの刀が刀剣家、愛好家の間に評判になり刀を見に来客がしばしば訪れた。無名であったので久留米市の刀剣家達は備前長船と評価されていた。

刀身の長さで判った様である。

戦後刀剣類は接収されたが父は病に伏し、刀に興味のない母が弟の陸軍幼年学校時の軍刀と父の刀を急ぎ荷札に記名して、刀が無名の為美術品としては提出しなかった。

後年家では動乱の戦後だもの誰かの持ち物になっているだろうと言っていたが、幾十年経っても久留米市では噂はなかった。

たまたま貴子が八十三才になって長男の再就職で転居した、長野の南三輪村の公民館横の小さな建物の中の陳列品の一つの刀剣は、父が戦前お縁で打ち粉をして磨いていた刀であった。白鞘は薄汚れて刀身は磨く事もなく鈍く光っていた。

説明では刀の接収時美術品手続きもなく提出されたもので、氏名が不明であると書かれていた。荷札がはずされたものとみえる。

父母のあの当時が思い出されて涙が出た。

泣き事

小学校の五年生になると学校の帰宅が遅くなる。

或る日玄関に入ると珍しく父がいて座敷の方で誰かに話しかけている。

「貴方も親だね、それで悩まれるとはそれを聞いて安心しました。

親はいつまでも子供の成長の過程で悩みはつきないですからね、私も同じです。

娘さんを素人さんに嫁がせたいのは判るが素人さんの方で緊張されるのではないでしょうか。

貴方が仏門に入られたら私も娘さんの仲人になって尽力しましょう。

仏典のあるお寺に入門して下さい。仏門は年令をといません。老令でも決して遅いことはありません。色んな職業をされた方々が入門されています。

ご自身の心の平安と先祖の供養、子孫の繁栄を誰もが願って入門されているのです。仏教は無限に広いです。孫悟空があの様に暴れても御佛《みほとけ》の掌の中です。貴方が大いにもがいても御佛は貴方の行きつく処をご存じです。お考えになってみては」

貴子は座敷を覗くとかつて出刀包丁を持参した前科十一犯の親分である。父をどうみたのか人生相談にみえたのである。親分は真剣に耳を傾けていた。

見世物小屋

夏ともなれば朝から祭りの鐘や太鼓が町から聞こえて来た。大蛇の口から大きく火炎を吹く山車が出る祭りで、夏の爽やかさの中での勇壮な祭りである。

子供も大人も生き生きしてこの数日を楽しんでいる。

夕方親分が子分を二人連れて来訪し「見世物小屋を出しているので坊ちゃんに見に来て

戴きたい」との口上である。

父は不在だったが母は主人を信頼して悩み事の相談までする方を無下に断る事も出来ず、小学三年生の弟は親分の肩車で町へいった。

貴子も直ぐ後を追った。弟は小学三年生である。はっきり説明の出来ない場合もあり、又知らない町を不安に思う事もある。

親分は幼い男の子を肩車したので新鮮な勇気が湧いたとみえ、長い道のりを贅肉の取れた体で自宅まで弟を肩車した。

「一寸家に用がある」との口実で弟を居間に上げ、貴子に「下で待つように」と言うので、開いた勝手口から裏庭に出ると母屋の内部の弟が見えると判断した貴子は急いで裏庭に出た。

裏庭は広く暗れなずむ暮色の中で植木鉢が百以上、大から小と整然と並び枝を矯《た》めた植木は商売に出されている様だ。

祭りの鐘が間をおいて聞こえる。

ふと灯りのついた離れの丸窓を見ると、日本髪を結った乙女が涼しい着物で一人優美な姿でお裁縫をしている。一幅の絵を見る様で乙女はこれ以上説明の出来ない程日本的で楚々としている。

貴子はこの光景を一生忘れずにいる。あの女性はその後どうされただろうか。

お宮の入口の筵を張った見世物小屋に弟は子分の肩車で入った。貴子も後に続いて入ると小屋の中には中位の鯨が塩をかけられ横たわっていた。昭和十年の夏である。

子供を連れた父親も入って来て賑々しく説明を聞いていた。

干《え》支《と》

昭和十年の夏は暑い。

清涼を求めるには幼子に団扇で扇いであげるか桃の葉を熱湯につけた汁で幼児の汗疹を撫で天花粉をつけてあげる位で、敷いた布団の夜の部屋一杯に白又は青い蚊帳をつり、蚊取り線香を焚き団扇で蚊を払いつつ蚊帳の中に入るのである。

夏祭りの夜は更に祭りの高揚した熱気で眠りが遅い。

やっととろとろした夜が白みゆく頃我が家の黒門の周りで人々の声や門を叩く騒ぎで家

人は目を覚ました。

職業柄事件を連想した。急いで門を開けると大勢の男衆が祭りの装いで家に傾《なだ》れ込んで来た。

皆口々に「部長さんにお世話になったので大蛇の目玉を持って来た」と三方《さんぼう》に載せた目玉を差し出した。

精巧に作られた大蛇の目玉は三方の中で鈍い銀色の光の中に黒目が生きていた。

それから夜明までお座敷で酒が出て大賑いである。

戴いたのは良いが大蛇ですもの、大丈夫ですか。

干支《えと》
父　兎
母　鶏
姉　猿
貴子　牛（一日だけの牛、丸々鼠）
長男　兎

次男　巳

そして誰もいなくなった。

雑草

九州の山々は常緑樹故か緑色のまま年中山の色が変わらない。

紅葉や落葉樹等少なく櫨《はぜ》の木がほんの少し残っている。蝋を取る最盛期は櫨の並木が川の土手や田の沿道に色鮮やかな色彩で目を楽しませたが、年々蝋産業も縮少され更にこの寒村では名産もなく、柿や栗等の木の実の栽培もなかった。

夏から秋に移行する挟間はもの憂い一日である。

大牟田までの大通りは人通りも少なく、黒門を出て貴子は一人ぼんやりと行く人を求めた。道の雑草を細長い小枝で叩きつけながら歩いてくる少女が近づいて来た。歩き方も男性の様にいきいきしている。

よく見ると大牟田の第四小学校時の慶子さんである。

慶子は「この赤レンガ塀の家にいるの」と聞いた。

頷きながら貴子は懐かしくて「家においでよ。慶子さん何処にいったの」と聞いた。

慶子は「県会議員のおうちの苺を摘みにきたの、姐さん達が駅で待っているのでこのまま帰るよ、ご免ね」と短い会話を残して道の草をパシパシ叩きつけながら遠ざかっていった。

貴子は「学級の皆さんによろしく」と叫んだ。

慶子の家は揚屋である。どこで県議と繋がりがあるのかと貴子は不思議に思った。

百人一首

村の旧正月は時間が長い。

村は事件もなく道ゆく人の行き来も無く、夕暮の灯りが家々についた。

火鉢のそばで母は姉が買って来た新しい百人一首のカルタの一つ一つを詠み上げた。

母の声は潤いがあり、初めて詠むのになめらかすぎる。

貴子達には初めてでも、母は古くなじんだ代物で懐かしく詠み上げているのである。

姉も貴子もカルタを取れなかった。

一首一首違った表現なので、このデリケートな和歌の何を表現したのか子供なので判らなかった。

貴子達が一首を探しあぐねておたおたしていると、横から母がサッーと一首を取るのである。

その度姉と貴子は「また取るの」とため息をついた。

アドバルーン

昭和十一年、十一才の六年生の時、政治と無縁な貴子には年頭の悲惨な挙行二・二六事件を一生忘れる事はしなかった。

「兵に告ぐ」とのアドバルーンが主都に浮揚した時、なぜ日本の軍人同士が武器を持って殺したり殺されたりしたのか判らなかった。

この事について国民は言葉をはさむ事は出来なかった。

実相が判らず軍人同士の争いなのでなぜこの様な事が起こったのか信じられなかった。兵隊さんを子供ながら貴子は無限に信じていたのに。

昭和六年満州事変から昭和二十年の終戦（敗戦）までの十五年間、戦争に次ぐ戦争が続いたのである。

戦争末期の国内は子供の玩具も事切れ、青春期の婦女子の着物等が切符制になり手の届かぬ代物となり、食物については自分で庭や区分された空地に茄子や玉葱、南瓜、芋類を育てなければ命を保てる事が出来なかったのである。

物事を強行する事により陰と陽が出現するのである。

戦争は二・二六事件時一旦中断されるべきで、敵国も日本も損害の少ない状態であるので相互の憎しみは今の様な陰湿なものにはならなかったと思う。

資源の少ない国内は長期の戦争で貧困国家に成り下がり、この時国内を立て直すべき期間（年月）を作るべきで、この大事を逃したのである。

更に国境を護るにはどうしても新兵器を兵士一人ひとりに持たすべきで兵は一人も亡くしてはならぬのである。

信長、維新の薩・長が国政を取ったのも兵卒一人ひとりに新兵器を持たせたからである。

ワインカラー

夏を控えた六年一学期を経て、貴子一家は父の次の任地である久留米市に移転した。正味二年いた渡瀬は楽しく離れ難かったが若松の祖父夫婦も来て移転の用意をしてくれた。

この年女学校を卒業した姉が年頃でもあり、村人達の見送りもあるので呉服屋を呼び、座敷に広げられた幾枚の訪問着の中から、姉の肌に合う鴇色《ときいろ》の衽《おくみ》に竹の金糸の縫い取りをした一着を祖父が買ってくれた。貴子も母の言いつけでこの座に加わり品物をあれこれ見たのに、母は貴子の物は選ばなかった。いつもの事である。

翌日祖父が「洋服を買いに行くのでおいで」と言うので、国鉄の汽車で大牟田駅に下車しアスファルトの大通りを西に向かって歩いた。

祖父は和服の着流しでステッキをゆったりとついている。

炭坑の町は景気であふれ駅近くの大通りの両側に児童用の既製服がずらり三軒の大店に陳列されていた。祖父はその店を通り過ぎズンズン歩いてゆく。

貴子は沈うつになった。いったい何処で洋服を買うのかしらと心細くなってきた時、とある婦人服の店に祖父は入った。

「この子に合う服を見つくろってくれないか」と女店員に話しかけた。

女店員は貴子を一瞥して奥からワインカラーの純毛のワンピースを下げて来た。布の表面は小さな巻毛になって衿は同じワインカラーの綾織のネクタイで袖は大きく折り返しがついていた。

試着すると暖かく軽かった。

何となく大人になったような気分になり、改めて祖父に感謝した。

七ヶ月の小学校

貴子は小学六年二学期に農村の小学校から久留米市荘島尋常小学校に転校した。

田舎と違って貴子のクラスは女学校入学希望者がクラスの3／4の多数により、二学期の学業はすでに終了し三学期を習学していた。

貴子は丸々二学期の全科目が欠落したのである。

教育に熱心な担任の女教師は漢字の筆記を撤底させ、貴子はその厳しさに順応した。

三学期になると六年生の一年分の学習科目を総括して、多角的な応用問題を学生に投げかけ、又解答させた。

女教師は受験の神様と言われていた。

農村の小学校では受験勉強は皆無で、貴子は転校した事で受験勉強が出来て、命拾いをしたと思う。

その合い間にも遊びにおいでと誘われれば全部遊びにいった。

二学期三学期の短い在籍であったが学友は皆優しく今なお関係は続いている。

女学校

戦後教育の変転で男子校県立中学明善校と小道をはさむ隣りの県立久留米高等女学校が合併し、男女共学の県立明善高等学校として息づいている。

久留米高女は百年誌を上級生と共に貴子達も参加して創作し女学校の廃絶に名残りを惜しんだ。

久留米市の西北の隅にある久留米藩のお城の大通りに面し時には城下の筑後川の川風の吹き通る女学校、自治と自立を旨とした教育で高い生活向上をめざされた。

八十一年前入学した当時の威容である館は薄いトキ色で門の飾り金具等今は取り壊されて跡形もない。

淋しい思いにかられるが五年在籍した学生生活は隅々まで記憶のなかである。

校門から見る校舎は蘇鉄の植込みのある車回しの東向きの玄関。

校舎は二十五米のプールを囲み東棟の玄関上の講堂は七百五十名分の長椅子が階段式に並び戦時中は妃殿下や陸海軍の将校、愛国婦人会長等が来訪され銃後の結束を鼓舞され、時には音楽の盛んな学校なので諏訪根自子、原千恵子、井口基成と石井小波の錚々たる音楽家、舞踊家の出演をみた。

定期考査が終わると講堂でオーケストラの少女、阪妻の無法松の一生、戦時下の母子物が上映され上級生までも恥ずかしそうに泣きはらした。

プールの西側は大きな鉄骨のむきだした体育館でプールに面した二階は小部屋が六部屋、側面に二台ずつのオルガンが置かれ休憩には満席で皆思い思いの音を出して切迫した戦時下に潤いをあたえていた。

昼になると売店はバター匂いの木村屋のパンが並べられた。

南棟北棟の総二階は四学年四教室と理科、地理、裁縫室、図画室、習字室、化学室、音楽室、炊事室、作法室、ボイラー室染色洗濯兼室、新しい本式の茶室、弓道場があり、正面玄関の棟に接する南棟北棟の教室を結ぶ二つの優雅なアーチの渡り廊下は、行事の度学生達が移動して講堂に集合した。

廊下は生落花生を爪で磨くのでチョコレート色の艶々した静かな乙女の館をかもし出していた。

夏季には校内水泳大会に入学したばかりの練習のない一年生の貴子は出場し、始めクロール、次に平泳ぎ横泳ぎ最後に犬かきで二十五米プールの縁にたどりついた。

薫《くん》染《せん》

貴子が夏季の登校から帰宅すると、母が居間で一人笑っている。思い出し笑いである。陸軍幼年学校から帰省した弟は外出したのか家にはいない。

久し振りの弟の姿に思い出し笑いなのかと母に貴子は聞いた。

母は笑みをたたえて帰省した弟の話をした。入学式は新たに合格した陸軍幼年学校生を交え全校生徒の出席する講堂は緊張で漲っていた。

式次が進行しても新一年生は固く固まっている。

民間からの入学で軍隊生活の素養もない未定の中学半ばの生徒達はまだ未来が想定できずにいる。

一挙一動の厳しい軍隊生活に合格したもののついてゆけるかが不安である。

式の半ばで新入生は未知数の不安を胸に軍隊生活をやり遂げようと決心しているのである。

その緊張半ばの舞台に弟が真裸で二枚の団扇を交互に胯間を隠しながら歌に合わせて踊ったのである。

おとなしい弟がである。

講堂の学生達は歓声にあふれた。

それから一変した講堂は和気藹々となり隣りの人も先輩とも話が出来た。

おとなしい弟は一躍時の人となった。

その事で貴子は考え続けたのである。

あのおとなしい弟に踊りをさせたのが判らなかった。

弟も懸命であったろう。

素裸で恥じ入っているうえに団扇の動かしかたで尚恥じ入るのである。

弟は必死の思いであったろう。

これは身元引受人の大佐の力なのだろうか、若しくは弟の入学時の成績順位だろうかと考えている。

電　報

帰省した弟が一人笑いをしている。

「どうしたの」と貴子が聞くと弟は陸軍幼年学校生活の一端を話し出した。

体育と勉強を元気に習学している学生達は、どうしても甘い物が欲しく支給金を月の半ば遣いはたし更に親に「前略後略金送れ」と簡潔文で電報を送った。

学生の電文を知った教官は、いくら何でもいきなりこの様な電文を受け取られた親御さんは驚かれるであろう。不安を感じられるかもしれない。

お金を戴く時は礼を持って詳細に説明しお願いすべきで、この様な電文は二度としないようにと学生にきつく指導された。

おはぎ

九州には熊本陸軍幼年学校があるのに大阪に配置されて面会にもゆけないとこぼしてい

た母が、学校から帰宅した貴子に「久留米の十二師団に和久達が来るよ」と嬉しい悲鳴を上げた。

　そうとう嬉しかったとみえる。

　その頃祖父は亡くなり遺産相続で多額の金子を受け継ぎ、その金は父や子供達の学費についやし母は化粧品とか着物類は買わなかった。

　そう言えば結婚時持参した着物も余り手を通さず軽装で家の内外を生活していた。

　欠点は口煩《うるさ》いのである。

　思いやりが乏しく即決両断するので悲鳴を上げたいのは父であり子供達であった。

　その遠因は祖父の常日頃の援助に母が私の父を蔑《ないがし》ろにした為で、祖父は親として薄利の公務員に嫁がせた責任を常に感じ手助けをしていたのに、母が蔑ろしたのである。

　母は先ず戦時下の禁酒になる前に砂糖とブドウを買った。

　砂糖は一俵、俵の白砂糖とつぶらなブドウでなく野生の様なブドウを何枚を桟のまま買い上げ、ブドウ酒の作り方を知らぬ両親は伝受された様に作った。

　勿論砂糖も大切に保留し弟の面会日に会わせておはぎを大量に作り面会に行った。

　当日は霙で、お重を下げて母と貴子は暗い夕方の面会である。

霙は音たてて激しく降っている。

兵舎の門近くにいると小さな兵隊の小さな団体が大勢の教官や下士官に囲まれて入ってきた。

小さな兵隊は勢いがあった。

暖かい分厚い外套に大人の兵隊と同じ服装で高い声で教官を呼ぶと教官は急いで生徒の処に行き質問に答えられていた。

少数の生徒達に大勢の教官と下士官の特異な情景は貴子は忘れられない。

小さいと言えども未来の将軍を作っているとの自覚が大人達から見てとれた。

学生の親達が九州の各県から当日見えられ小班に分かれ、母はおはぎのお重を開いて面会した。女学生の貴子は小さな兵隊さん達に圧倒されてその座を辞退し霙の中に傘をさして室内の笑い声を聞いていた。

弟も母も満足だったろうと内心嬉しかったのを記憶している。

それから戦後数十年経過した秋日、甥の結婚式に上京し、翌日義妹の運転で日光東照宮を参拝した。

一行は広い境内の奥の院の徳川家康のお墓に行き話しながら歴史を回顧していると周り

の人々がいつのまにか白人の少年達と白人の大人に変わっていた。

少年達は肌色のズボンと上着の軽装で大人も同じである。

高い声が発せられ教官が急いで来て「将軍」と言っている少年に本を開いて説明していた。

貴子は瞬間陸軍幼年学校の生徒の体型が浮かんだ。

この集団はアメリカ陸軍幼年学校の生徒で日本人を刺激しないよう軽装で見学されているもので、返射的に日本にも良き時代のあったことを思い返した。

最後の修学旅行

集大成として統制の厳しい戦時下に四泊五日の修学旅行が執り行なわれた。

昭和十五年五月戦況の厳しい最中の事なので、今年は駄目だろうと学生達は思っていたので、皆あわてて旅行の支度をした。

門司までは汽車。瀬戸内海を外国航路の一等客船に一泊し神戸に下船した。

初めての船舶の一泊は学生には神経が高ぶり更に船体に響く汽罐の音で広い船室で眠る少数の学生以外は深夜に革靴を磨く人、旅行鞄の中を整理する人、話をする人々、甲板に出て燈火管制された瀬戸内海の黒く浮き出た島々を眺めている人々と多岐に亘った。つまり落ち着きがなかった。

神戸に下船しプラネタリウムでは暗室の中の星座の説明の声を子守歌に学生達は爆睡した。

次に大阪城の外部を見つつ京都に入り二条城、西本願寺を見学した。

歴史の通過点に必ず起因するこのお城とお寺には更に興味を持った。

西本願寺は僧籍をお持ちの校長の計らいで、豊臣秀吉の謁見の間を驚きを以て拝見し、創造の精巧な美術を肌身に感じ、昔の人の超越し遜色のない一級品に驚きを感じた。

二条城は徳川幕府から近世代に移行する要の地点で、多くの武士の賢明な洞察と知謀と涙が織り混ざっている。

京の宿に宿泊した。

「オブブですか。オブブですか」と大きな薬罐を下げてお給仕する女中さんは色白の瓜実《うりざね》顔の東北系の美人である。

京の食事は期待はずれである。統制された戦時下である。まだ地方の方が余裕がある。学生達は持参した米の中から一日分の米を渡し、翌日の中食のお握りまで作って戴いた。夜外出を許されたが暗い京の町は店も見つからず面白くなかった。ひとクラス四十五名の四クラス百八十名の寝床は壮観である。学生達は疲れて思い思いの夢の中にいた。

翌日は京都御所を拝観した。

ひと部屋ひと部屋白木造りの精巧なお部屋、几帳に下げられた色どり豊かな織物を背景に薄物の束帯をまとわれた高貴な方と十二単（昔の女官の宮中における正装）を着た女人達が一つの絵巻、一時代を作ったかと思うと、ゾクゾクする。千十九年前の事である。

紫宸殿のきざはしの下にある右近の橘、左近の桜を覚えている。

次に大原御幸の地点までくねくねとした山路を歩いた。寂光院の柱の細い小さなお堂に建礼門院平徳子は源氏平家の壇ノ浦の合戦で水死された御子安徳天皇や平家の公達がそれぞれ京に連れもどされては処刑されたとの報が届く度、どの様なお気持ちだったろうか。

女性であるが故に、何も手を打つ事の出来ぬもどかしさを痛感された事であろう。

平徳子は唯庵の御仏の前で御子安徳天皇と一族の冥福を祈らずにはいられなかった。

そこへ博覧強記日本国第一の大天狗と称され又音楽的天分に恵まれ今様、催馬楽等の奥義に達せられた後白河法皇が大原に行幸されたのである。

学生達もこの草深い御地で、平徳子は女性として力一杯何を表現し相まみえられただろうかと興味を持った。

徳子は唯女として泣くだけの表現をしたのだろうか。

若しくは言葉の端々に無念の一矢をはさんだのだろうか。

そしてこの一事で歴史から消え去られたのである。

貴子は草深い大原の庵を見ながら色々と想像した。

貴子は学生として本当の悲しみを知らなかった。

言葉に出せぬ苦しみは深いものである。

途中宮中に関係のある八瀬の地点を記憶している。

夕近く吉野山に到達した。

吉野山は桜の木々が擂鉢状の地形に枝を広げ歴史の数々を無言のうちに憂いていた。

宿の玄関は三階で谷に下って建ててあり、谷底の客室から見上げる窓辺は土と桜木と窓の手摺りの白い手拭いが印象的であった。

吉野山の旅館に一泊した。

この地吉野山には中興の祖と仰ぐ楠正成の子正行の行跡がある。

これは南朝、北朝の宮廷の争いである。

忠義の名の下で武士達が二手に分かれて争った。勝つ方も敗けた方も情緒あふれる遺文が残り涙を誘うのである。

頭領達の討ち死により、新天皇に背いたとして残された家族一門は反逆罪のそしりを恐れ草深く潜り、再び時代の表に出る事はなかった。

九州の菊地一族も然りである。

翌日は奈良の東大寺の大仏を拝観した。

当時の仏教信仰の壮大さは、現代の細菌や微分積分、汽車の分刻みを生活信条としている私達には、古代の日本人の清らかな精神、神仏に対する大いなる畏怖を感じた。学ぶべきであり誇るべきである。

淡泊な鹿と遊び、若草山、正倉院、二月堂、春日神社を通り次の伊勢神宮に参拝した。

常日頃お伊勢さんの話は古代の神代に至る話として誰もが認識していたが、いざ境内に入ると参道の神々しい大杉の並木、五十鈴川の流れを経て神の前に立つと、自然に頭が下がり神代から続いた大和、日本の国の祖に対面したのである。

日本の国歌は悠久の長きに続き小石が苔の生えた岩になるまでとあるのに対して、外国は相手を倒せ血を見るまでと生臭い国歌である。

後年幾度も家族と共に参拝した。心の中の珠玉である。

神戸港に戻り客船に一泊し無事に全員帰郷した。

戦時下の団体旅行は多くの先生方の計画と実行は大変なものだったと心から感謝している。

年の暮、日本は米国に対して宣戦布告をしたのである。太平洋戦争、若しくは第二次世界戦争とも言う。

音楽教室

学生達の間では音楽教室は人気があった。南側の一年生の教室の廊下を通り、別棟の音楽教室は外国で見る様な瀟洒《しょうしゃ》な建物で、窓は大きく東と南と北側に開かれ、室内はこの室だけ土壁と違って褐色の荒い布目で内装され、静寂で五線のついた黒板は上下二面制である。教室の窓近くに大きなグランドピアノ、続いて教壇の周りには蓄音機と多くのレコードが置かれ、学生が自由にレコードをかけていた。

シャリアピンのヴォルガの舟歌、名前を失念した柔らかな包み込む様な歌曲のアベマリア、バッハ、ハイドン、ベートーベン、シューベルト、シューマン、ショパン、チャイコフスキー、ドボルザーク、ドビュッシーとラヴェル等々枚挙に遑《いとま》がなかった程で、貴子は自由に選んで学友と時を過ごした。

音楽教師は頭はモジャモジャであったが、知的で学校でも有名で、一流の音楽家の来訪や隣の県立中学明善校の学生中村八大を指導されたと聞きおよんでいる。

音楽は学生にとって青春そのものであった。

校庭

校舎の西側は広いグラウンドで中央に紅葉の大樹が季節毎に鮮やかな紅葉の枝を広げて

いた。

グラウンドの西の側面は筑後川に沿ってゴム工場が連なり、明るい声の走技部の選手達は夕日の落ちるまでくり返し練習していた。

昼の休憩時、学生達はグラウンドに群生する四ツ葉のクローバーを探したり、色々と間近な卒業と就職等将来の話がはずんだ。

学生達は戦時の一瞬をも逃避しているのではなく、学生として一市民として戦時に即応すべく、身も心も軽々と誰もが動く事が出来た。

校門の東南の隅の音楽教室の窓近く木立の中に新たに茶室、更に北東の二階建の料理室の隣に弓道場を紹介する。

勤労奉仕

学校では初めて貴子達学生は班を作り、勤労奉仕に出動した。

久留米市の東、山裾に広がる広大な筑後平野の一隅の指定された或る農家に案内された。

かなり老いた老夫婦が薄暗い土間に学生達を待っていた。

出征されたご家族である。

短い作業の説明と鎌に、学生達は未知の不安を抱いたが、広々とした田圃に案内されて稲の乾いたサワサワと風に揺れる葉擦れの音に元気づけられ稲刈りを始めた。

稲を束ね、ギカギカ刺す稲の穂に悲鳴を上げながら皆で広々とした数反の田圃を刈り終えた夕暮れ、隣りで奉仕していた男子学生達が蛇の死骸を鎌の先にだらりと下げて畦を踏み越え女学生達に迫って来た。

女学生達は悲鳴を上げながら幾つもの畦を飛び越えて逃げた。夕陽は西の山に大きく潤みながら沈んでいた。

革の長靴《ちょうか》

貴子は爽やかな朝を迎えた。

机の上を柔らかな秋の陽がさし四年生三学期を迎えるには後数日である。

稲刈りの奉仕もすませ体力もまだまだ余裕のある貴子はルンルンである。

朝から側の公会堂はマイクのテストが行なわれている。

「本日は晴天なり、本日は晴天なり、アーアー」とマイクを叩く音まで加わる。

公会堂で又慰安会が催されるのであろう。

この頃は浪花節が頻繁である寅蔵の語り口も聞いた。精密に言えば公会堂の丸い屋根からはみ出たマイクの過大な音量で音声も三味線のバチさばきも室内の貴子へかぶさる様に響いてくる。貴子は三味線の響きの中にいた。浪花節の節も幾通りもあり寅蔵と木村友衛の節の違いもおのずと判った。

浪花節は仏教の経文から変化し、祭文語りの遠因は経文と聞いている。

多くの市井の民として浪花節は共感を得るであろう。

貴子の学校は歌曲である。四年生ともなればワーグナーのタンホイザー序曲、流浪の民が修練された。昼過ぎ回覧板を回した母が帰宅して「今日公会堂で軍主催の慰安会に三浦環さんが出られる」と驚くべき話をした。

環女史は世界的に有名でこんな九州の片田舎に来られるのが驚きである。

急いで貴子は公会堂の様子を下駄ばきで見に行った。

公会堂の大通りに面した入口は広い階段に数枚もの出入扉が開かれて初年兵が数名入場する土に親しむ老母や老男を暖かく迎えていた。

館の奥の小さく見える舞台の灯りで肥満した環女史の開幕前の発声風景を照らしていた。柔らかな絹のような薄物で真赤な衿無しのロングドレス、袖は舞台に触れる程の長さで袖を左右に広げたり片手を上げたりして曲の表現をされていた。

マイクのボリュームは最大である。何故過大にボリュームをあげるのだろう。声質もデリケートさも壊れているのに。

何故係りはこの様にするのであろう。

環女史は抗議もされず真剣に音声を試されている。

貴子は急にお友達に連絡すべきか否か心の中で葛藤した。急に知らせる手段がないのである。

今から歩いて知らせても環女史の曲は半分も聞けないだろう。

通信手段はあの当時は民間には無いのである。友達の顔が幾人も浮かんだが沈黙する事にした。

公会堂は出征兵士のご家族で満席の筈である。

扉の閉まった公会堂から曲が流れ出た。
始め山田耕作の作曲で北原白秋の『あわて床屋』を歌われた。

『あわて床屋』
春は早うから川辺の葦《あし》に
蟹が店出し床屋でござる
チョッキンチョッキンチョッキンナ

『待ちぼうけ』
待ちぼうけ待ちぼうけ
ある日せっせと野良稼ぎ
そこに兎がとんで出て
ころりころげた木の根っこ

『この道』

この道はいつかきた道
ああそうだよ
あかしやの花が咲いてる

『からたちの花』
からたちの花が咲いたよ
白い白い花が咲いたよ

最後は女史の十八番の『蝶々夫人』の曲が流れ出た。

蝶々さん「米国に帰った夫が若い夫人を連れて逢いに来ると言う。なんて悲しい日でしょう。私も身内の叔父さん叔母さんや多くの友達に祝福されて結婚した筈なのに、あれは何だったのだろうか。

大切な可愛い息子には何と説明したらよいのか。

私も武士の娘である。こんな屈辱を許されるだろうか、私は父から貰ったこの短刀で死ぬ決心をした」と千々に心をくだくのである。曲は終曲へ進んでいる。

公会堂の前庭の奥からザクザクと靴音がする庭は砂利が敷きつめられ樹々の間の爆弾三勇士の銅像が力強く立っている。そば近くへ突然二人の陸軍将校が現れた。

二人共細身のバネの強そうな青年で、軍服も革の長靴もオニューの様で、靴の表面も艶々して踵の小さな歯車に時折り小石が当たりカチカチとはじく音がする。

将校の右肩から左腰にかけて、小幅の上質の布の襷をかけ、腰のあたりに房があった。初めて見る服装に、なにかしら緊張した。

キビキビとした二人の将校はきびすを返して前庭の奥に消えたと同時に「コ、ク、ゾ、ク」と一言一言はっきりした高い声が発せられた。貴子は思わず夕暮れの空を見あげた。雲一つない澄みきった秋空は月が白く浮かんでいる。

声は女性の金切り声よりも高く、正確に言えば男性ホルモンの声である。

声はヌルヌルと高く樹々を越え、ビルを越え、雲に至り月に迫る程に高く高く昇っていった。練兵場で将校が発声する「天皇陛下万歳」の声と同じく、兵団を統率するあの高い高い発声法であった。

真似の出来ない生々しいヌルヌルした声である。でもその声が消えたら女性の声と言われても、誰も納得するだろう。

国賊とは誰だろう。それも疑問である。

戦時下、非国民と罵られたら万事休すである。ましてや国賊と軽々に根拠なしに言えるものではない。

ピリピリした戦時下、皆口を閉ざして生活しているのに、館内の出征兵士のご家族もさぞ驚かれた事であろう。

館内の大勢の出征兵士のご家族に言われた言葉だろうか。

いや将校の発した言葉でないと断言されれば大通りに唯一人環女史の歌声を聞いている貴子に違いないと、二人の将校が挑みかかって来るのではないかと瞬間貴子は気付いた。

大通りの左右を見回した。貴子一人川風に吹かれている。

男性の声も消えれば女性の発声と言い通せて周囲の人々もなんとなく納得するだろう。

消えた言語に責任を押し付けられる事に初めて貴子は脳理に閃いた。

家に帰ろう、急いで急いで、初年兵も館の入口から飛び出すだろうか。

将校達はまだ来ない。

貴子の足が動かない。わずかに下駄で一歩一歩後ずさりした。

大通りの小石にあたりガリガリと下駄から鋭い音がする。こんな時想定外の音である。

将校達が飛び出して来て「そこの女動くな」と一喝されたら万事休すである。緊張の中「ネエースズキ」。貴子はこの時、環女史の高い声で我に返った。あまりに急で「蝶々夫人」の歌曲を失念していた。歌声は終曲に迫っている。早くこの道から抜け出さねば、あの将校達が迫ってくる。早く、早く逃げなければ。環女史の声は、貴子の動作と競争していた。

ネエースズキ　まめな貴方泣かないで
私への返事　短かくしてね
生きてて　だが返らぬ　そうなの
どうなの　返事しないの
昨日来たの？
この方が恐ろしくて怖い方
奥さんですね
すべては死へ　みんな終りへああ
すべてを奪うのネ　子供も
辛く悲しい捨てられて　坊やにも

養う義務がありますのに
この世の中に貴方は一番幸せ
いつまでも幸せでいなさい
子供はあの方が取りに来たらあげます
半時間あとにいらっしゃい
明るすぎる様な緊張する日窓を閉めて
坊やは何処
そのまま遊ばせて　お前もおゆき
いって　いって　あっちへいって
清く死せよ穢れてながらえんより
あ　あ　あ　あ　お前
可愛い坊や　花より清い　いい子の坊や
お前の為に　母さんは
恨まずに死にます
海を越えて　遠いお国へ渡るお前に

心残りがないように
この世の別れ　今わのとき
いつまでも　忘れないように
私の顔を　見ておゆき
さようなら　いとしい坊や
さあ行って　お遊び
堀内敬三訳詞

姉の事で陸軍幼年学校生徒である弟も呼び出されるであろう。又弟の身元引受人の大佐も呼び出され、思わぬ災いを蒙られるのではないかと思いながら、家に向かってソロリソロリと後ずさりし館の隣りの写真館の外灯まで来ると急に勢いがついて走って家の門扉を力一杯押しのけて玄関の八ツ手の植え込みに倒れ込んだ。耳を澄ませば大通りは追尾する足音もなく無音で筑後川の川風が吹き抜けていた。

冬瓜

秋の日射は長くて木々や田畑の果実は艶々と実り、出征や工場に動員されて人影の少ない筑後川に沿った原に貴子は母の言い付けで我が家の畑の冬瓜を取りに行った。

広々とした原は小さく区分され、道端の畑の至る処で葉の間からみずみずしい果実が見え秋の豊饒を身に感じた。

冬瓜は大きくひと抱えの大きさもあり、緑の表皮は銀色の産毛でおおわれ蔓は固く、日頃から小刀類を持たない貴子は、蔓を切り離すのに時間を取られた。

鋏を持ってくればよかったと後悔しながらも長い時間かかってやっと蔓をほぐし切り離して体を立ち上げた時、直ぐ傍に二人の男が来ていた。

一人は四つ這いで歩かされている初年兵の様で、後ろで木の銃の台尻で初年兵の身体を突いたり叩きつつ歩ませているのは下士官で、兵舎はここから二粁《キロ》も離れ、その間人目もある街中を通らねばならず、この二人は何処から出発したのだろうと疑問を感じた。

何の罪をおかしたのか、それにしてもこんな恥ずかしいお仕置をされるとは。

それとも動作の鈍い兵に訓練の為と称しての罰則で「天皇陛下の御名のもとで」との大

声で言われれば、言い訳も出来ず従わざるをえないのである。

恥を忘れたらけものになるほかはない、こんな教育は止めた方がよい。

貴子は冬瓜を抱えたまま無言で目を一杯見開いて理不尽な下士官を睨みつけた。

下士官には反応はなかった。

まさか弟の陸軍幼年学校ではこの様な事が行なわれてはいないでしょうね。

教師達

貴子達の頃の教師は聖職者として社会的に尊敬されていて、情操的教育に貢献されていた。

男女の教師達は紳士的で学生に向ける言葉遣いも丁寧で、唯体育の教師だけが学生の団体に命令系で動かされる位である。

男性教師は背広にネクタイ、女性教師は着物に袴で、時にはネクタイを新調されたり、背広を替えたり、着物の柄が変わったりして、学生の目を楽しませてくれた。

酒の匂いをぷんぷんさせて授業される老教師もいたり、教本を棒読みにして時間を終える教師もいたが、この事で他の教師間のクレームは聞いていない。

唯学生達が義憤を持ってこの教師の授業に臨んでいた。

教師達は基本を大切に、と事あるごとに学生に警告された。

社会に出て物を測る。情勢を測るには、学校で習った基本で推し量る外ないのである。

教師達は皆学生が戦時下の社会に出て、傷つくことなく幸せに生活を全うする事を望んでいた。

思想のお話は無かった。

服装

五年前、希望をもって入学した時の服装は、つばの広い紺のフェルトの帽子、黒の靴下と黒の革靴、服は紺のサージで衿は水平の広衿と同じく紺のネクタイと襞《ひだ》スカートの裾より十糎の所に白線が縫い込まれている。

遠目にも県立久留米高女と判るようにされていた。

四年卒業後新たに専攻科に入学すると、国は米国に宣戦布告したので、その頃は物資も不足し、全校生徒は赤い鼻緒の下駄とモンペ、鞄の代わりにリュックサックとなった。

学生達は十二師団の軍都でもあり、意気込みはしっかりしていた。

通知簿

貴子は父の勤務で小学校を四校転校した。先々の小学校の授業は、先生の熱意で、何なく理解が出来たのは幸いである。

成績は添田の小学校一年生で体操が乙、その外六年まで全甲を戴いた。

あんなに幼稚園に行けず園児との知識の開きを心配していた貴子はどうにか追い付いたのである。

然し再び田舎の小学校から秋期転校した市の小学校は六年二学期の全科目はすでに終了し、三学期が習学されていて、女学校の受験勉強を果敢なく指導して下さった小学校の教師に感謝している。

女学校に入学したものの常に貴子は小学六年二学期の全科目を受講していないとの強迫観念が再び頭をもたげ、皆が知っているのにと貴子はその事で零から出発した。自縛である。正直と言えば正直である。

一年生の時はそうであったが、少しずつ頭をもたげ、本来のように学業が進んだが、一学期甲を九つ取っても、なかなか平均点が甲にはならなかった。

久留米高女は85点以上が甲である。

四年の終わり通知簿に関して聞きたい学生は、午後に聞きにくるようにとの担任の教師の意向で、学生達は廊下に並んだ。

貴子が不用意に頭を上げた時、前の学生の肩越しに四年生全学期の成績が一瞬のうちに読み取れ、貴子の脳理に焼き付いたのである。貴子は目をつぶりたかった。

では貴子の四年生全学期の通知簿を目の前の学生に見せる事が対等であると思ったが、二人の間に余りにも成績に開きがあり、嫌味のように受け取られかねないと即断し、相手にお見せしなかった。

四年生になると、もう小学校六年二学期の課目は出てこないと貴子は安堵の気持になり自縛が解け、四年生の課目をのびのびとすべて受け入れた。考査後に成績を返して戴く時「このクラスは最高点A、最低点はD」と言われて教師から戴く点がAであることが幾度もあり、平均点も甲になった。

卒業後再び母校の専攻科に在籍し、或る日来客にお茶をお出しする当番に当たった。高尾校長は立ち上がり、大きな体の上半身を折り右手を客に向け「お客様は〇〇〇〇をされる〇〇様です」と貴子に示し、更に貴子をお客様に「この学生は優秀な生徒です」と紹介された。

突然の校長の姿勢に貴子は驚き、深々と頭を下げた。一生徒の学業に向けた努力を評価された校長の姿勢を貴子は終生忘れない。

思いだすたび、お客様の専門的職業名を理解出来ず、思考している間に更にお名前を聞きそびれて、校長の温かい教育を無にして申し訳なく思いました。

奈良の女高師

本校では毎年卒業間際に、その年の優秀な学生一名が奈良の女高師に推薦入学されるのであるが、この年は何故か入学氏名が上らなかった。

誰だろうと学生の間では非常に興味があった。

お姉さんが入学された田中秀さん、若しくはAさん、Bさんと名前が出て一時盛んに学生間で取り沙汰されたが、いつの間にか立ち消えとなった。

貴子は母に幾度も泣いて東京の大学入学をお願いしたが許されなかった。

貴子は急に勉強を中断したくなかったのである。

後に母の提案で母校の専攻科に一年行く事を許された。

この年の年末、日本は米国に宣戦布告し、数年の後敗戦の結末をいやという程認識させられた。

専攻科に在籍した貴子は、朝礼にも出ず、図書室で数人の学友と共に「リヨン通信」とか「世界美術全集」を広げ、油絵、彫刻類の世界の変転と系統を知る事が出来た。これは今後の人生の最高の贈り物となった。

この事を見ても教師達は咎めなかった。

戦時下に規律と校則に厳しい学校で、自由と礼儀を受けた貴子。

教師達の丁寧な扱いに自由と敬虔を学生としての集大成を味わった。

専攻科の生徒は二人ずつ組んで先生方の昼食の料理とカロリーを計算し記録していた。

貴子も学友とどうにか料理を作り食卓に着座される先生方に料理をお配りした。

教頭の加藤先生が「貴子のお母さんが前週ホーレン草の種を撒かれた」と話題にされ、外の教師達も、ホーレン草の土壌がアルカリ性とか副産物の話に移行していった。貴子は恥ずかしくて心の集中が出来ず、話の内容が判らなくなった。

卒業して家になんとなく過ごしていた或る日、前年四年生で卒業し、市役所に勤務されている黒田さんに会った。久し振りの挨拶と共に貴子が来月、女子挺身隊として軍需工場に配属されると教えてくれた。

貴子は帰宅後母と相談し会社勤務、事務職を希望した。

急いで履歴書を書き母に「お母さんのお知りあいの加藤先生にお願いして。先生は一番生徒の就職先をご存じの筈よ」とお願いした。母は「その時まで私は加藤先生を存じません。加藤先生が昨年暮れ家にお見えになって貴方を奈良の女高師に推薦したいとのお話で、お父さんと算盤を弾かれて、旅費とか学費、寮費、小遣い等弾かれていたよ。でも貴子の下に次弟の大学が続いているので、勿体ないお話であるがお断りしたの」と驚くべき話をされた。

「普通の師範学校でしょう」と貴子は即座に疑問符をあげた。

「いいえ、たしかに奈良の女高師と言われたよ」と母は譲らなかった。

母は何故この事をためらい隠したのか。

卒業前に貴子に話すべきである。

貴子が大学に行きたいと大泣きしていても、先生方に推薦戴いた感謝のお礼は申し上げるべきである。

卒業後に話すなんて、お礼を申し上げる幾会を無くさせてと貴子は涙をのんだ。

加藤教頭は翌日入社試験のあるゴム工場に、自転車で貴子の履歴書を提出して下さり、入社が出来た。

重ね重ね申し訳なくて今も加藤教頭、高尾校長のその当時のお姿を偲び感謝している。

車窓

銃後の学生の奉仕の一環として、出征兵士の農家の稲刈りに行き始めて色々の経験を積んだ。

青空での奉仕なので貴子達女学生は思い思いのアイデアで稲を刈り束ねた。青春である。広い田圃を刈り終えるだろうかと始め心配したが、思いの外学生の手で刈る事が出来たので、心はルンルンである。

数日を経て、学校から出征兵士のお見送りをするよう通知を戴き、当日白い制服で久留米駅の長いホームに一列になり汽車の通過をお待ちした。

列車はホームの左から右に通過し、九州の内陸から門司に向かうのである。

汽車がホームの左端に到着の瞬間、女学生の「天皇陛下万歳、武運長久万歳」の三唱の声を上げげた。皆ホームの女学生は声をかぎり三唱を繰り返し続けた。長い長い列車が前進し通過する。どの窓も制服制帽の兵士が、身じろぎもせず挙手をされたまま座して通過された。

あの兵士の方々は幼い子供、妻、両親を残して出征されているのである。

国を護る。大和民族を護る。各々の親愛なる家族を護るとの一念で戦場に出征されたのである。兵士の方々は通過する窓辺の一瞬一瞬の風景や内地の人々を心に焼き付けて行かれたのである。

有難くて尊くて貴子は心の中で車窓の兵士の方々の静かな挙手のお姿に涙した。

『防人の歌』

今日よりは返り見なくて大君の
醜の御楯と出で立つ我れは
大君の命畏み磯に触り
海原渡る父母を置きて
唐衣裾に取り付き泣く子らを
置きてぞ来ぬや母なしにして

古代国際的紛争

日本は古代に国際的紛争があった。

七一〇年（和銅三年）奈良へ遷都した年から次の七三三年天平初期にかけて防戦を担った兵士の防人の歌が数多く収集されている。

防人は日本古代の兵制の一種で対馬、壱岐の島と筑紫に設置され唐、新羅の侵入にそなえたもので、六四六年（大化二年一月）の詔による。

下って六六三年天智天皇の御代に白村江の敗退以後、九州の防備は風雲急を告げ翌年対馬、壱岐、筑紫などに防人と烽《とぶひ》とを置き、持統天皇の御代もこの制度で統治された。

白村江は朝鮮南西部を流れる川で錦江の古名である。

随に変わった唐は東方侵略を計り、新羅の武烈王と結び六六〇年黄海を越えて蘇定方の水軍を派遣し百済をはさみうちにし、王城を占領し王及び臣下を捕えた。

遺臣の鬼室福信らは日本から人質となっていた王子豊璋《ほうしょう》を迎え日本に救援を求めた。

丁度大化改新を終え半島での勢力回復を図っていた日本はこれを受諾し、六六一年斉明天皇は筑前の国（現在福岡県朝倉市）に本営を置き、翌年天皇の崩御により中大兄皇子が指揮を続け、六六三年天智天皇の御代阿倍比羅夫を将として、二万七千人もの兵の大軍で海を渡らせた。

しかし日本の王子豊璋《ほうしょう》が百済の遺臣福信を殺す内紛があり、八月二十七日二十八日白村江口で唐の水軍百七十隻に包囲され、日本の水軍は大敗し百済の他の遺臣と共に朝鮮から引き揚げた。

五年後高句麗も滅ぼされた。

半島回復の望みを失った日本は、百済、高句麗の帰化人を抱えて律令制度による内政の整備に専念することとなった。

この時代が一番国の切迫した危険な状態であった。

『世界大百科事典』（青木和夫著）による。

貴子が後年見た白村江（大河錦江）

貴子が内科の事務長を終え、別の医院の夫人と工事関係の社長夫人の三婆で念願の韓国の大田《テジョン》を経て扶余《プヨ》に旅行した。

衣類の外飲料水の大瓶三本も入れたトランクの重さで三人共苦行の旅行である。

韓国は歴史の旅行をするにしてもこの国の雰囲気は常に緊張の連続である。

しかし扶余の町に入ると何かしらホッとして、日本に帰って来た様な柔らかな懐かしい空間にスッポリとはまった。

神社の境内に夕日を見ている老人達も、街中の物を売る女性達も昨日会った様な親しみを覚えた。

宮殿の前の大河錦江《クムガン》（白村江）は今は水も浅く白砂が広がり、太古の当時の趣とは違っているが、唐と新羅の攻勢により女官達三千人が宮廷前の大河錦江に身を投じ、十五万の百済人が日本に向け錦江より逃れた。と貴子達旅行者を案内し傍ら土産物、扶余陵出土「百済全銅大香炉」の復刻を一万円で売りつけた役所の職員の説明である。

日本には十五万の百済人は上陸しなかった。当時の海運の稚拙さか又は荒波悪天候の為か日本には十五万の人々は上陸出来なかった。つまり少数の人の様である。

国土を去る百済人、高麗人は多くの物を捨てて立ち退くのである。

今も尚この事に悲哀を共感するのである。

もう一つの貴子

貴子が物心ついた三才頃。福岡に長く逗留した祖父は貴子を連れて若松に帰宅した。玄関の白い座布団の二匹の狆《ちん》が貴子に向かってほしいまま吠えまくるのである。狆は貴子の行く先々を離れず吠えるので子供ながら部外者のあつかいをされたと思いいたった。

伯母さんは貴子の母と違って衣装道楽で身綺麗で、三つ上の一人息子は小学低学年の都会的な雰囲気で狆と貴子の関係を見ても助けようともしなかった。

貴子は若松に着いて食卓の食べ物も違っていたし子供本位の家庭と、謡曲の本の積み重なる美術本位の家庭との違いのあることを敏感な貴子は身に感じなじめなかった。

自分の居場所の希薄なのに気付き「家に帰りたい」と途中で駄々をこねた貴子は或る日姿を消した。

祖父は青くなって近所の人に頼んで広範囲に探してもらい夕方町なかの大きな邸宅の門前で犬と遊んでいる貴子が発見された。

貴子が通学すると学業がよろしいので祖父は自分の財産を、孫の文夫と貴子の二人に託したいと考えるようになり、伯父と相談して貴子を文夫の許嫁《いいなずけ》として長い間見守っていた。

知らぬは従兄弟と貴子であった。

二人が近よると腕の長い文夫が貴子の鼻柱をいやと思う程押しつぶすのである。

歩きながらの一瞬で貴子は防ぎようもなかった。

貴子は涙を一杯ためて「またしたよ」と声を上げた。

「またしたの、二人共離れて頂戴」といつも静かな伯母は時ならぬ声に応じて反射的に叫ばれた。

文夫のいたずらは近年まで続いた。

文夫はスンナリして手足の長い目元の涼しい青年になった。

貴子が女学校四年生になると若松の祖父、伯父の期待をしょって文夫は久留米医専を受験する為、貴子の家に多くの書籍を持って逗留し一室を占領した。

文夫が近くの学習塾に通っている間、女学校から帰宅した貴子は文夫の室でイソップ物語の英語と日本語の併載された本を初冊から読み始めた。

年頃になると二人は余り会話も出来ず子供の時の様に無造作に近よる事も出来ずにいた。

どうしてだろう。

二人共なんとなく意識し始めた時期である。

性の意識かしら。

お互いが近よると意識するのか体が重たくなるのである。手も足も重たい、私一人だけだろうか。

文夫さんも同じかしら。

貴子は興味をもって文夫に近よると大きく目を開いた文夫が目礼してその座をはずした。

このような状態で大切な勉強が出来るのかしらと可哀想な文夫と心に言いきかせた。

久留米医専は不合格であった。

可哀想な文夫さん、と貴子は私のせいで勉強が出来ずにいたのね。

御免なさいと心の中で言いつづけた。

女学校を卒業し戦時中の祖父に会いに行くとの口実で若松に行った。

貿易会社の経理をする伯父夫妻と、医事を執念し来年受けるには兵役の迫っているので他校の大学生になった文夫と、四人で象牙のパイでマージャンをした。この家はまだコーヒーもあった。

翌日は二人で映画館にいった。

玄関に二人が立つと青春に漲ったエネルギーに伯母は思わず「貴方達、文夫さんが大学を卒業したら二人共結婚させるからね」と大声でいった。嬉しかったのであろう。

二人は固くなった体で市街の電車に乗り映画館に入ったが何も見ていなかった。

久留米に帰った貴子は「一年したら文夫さんの元に行くわ」と自身に言いきかせた。

母には伯母の思わず叫ばれた言葉を話さなかった。

戦時下の学生である貴子の体は成熟していた。文夫さん文夫さんと心はいつもはずんでいた。

年の半ば文夫が結核で入院したとの報で母は急いで一人見舞にいった。

結核であるが故に貴子は同伴されなかった。

病気見舞の報告は文夫さんが市民病院の特等室に入院していること。

伯母さんは戦時下の病院食が不味いので廊下で火七輪で煮物をされていた事等々である。

文夫さんの言葉はないのである。

文夫さんは貴子に伝言はないのか。

お側で看護したい心にあふれた貴子に母は無情にも何の言伝も告げなかった。

そして暫くして文夫は病死した。

両親は葬式に参列したが貴子には何の伝言もなかった。

本当に文夫さんの言葉は無いの。

喉頭結核で言葉が出なかったのかしら。

振り絞る言葉で文夫は貴子に思いを残すものがあった筈だ。

ひと目お逢いしたかった。

ひと目お逢いしたかったと心の中で繰り返し煩悶した。

学業をやめて私は文夫さんを抱けばよかった。手を握ればよかったと頭の中で考え巡らせては彼女は憔悴したが言葉に出さなかった。貴子は潤む感情に涙を飲んだ。

訴える人は誰もいない。

周りは学生ですもの、とても理解されないでしょう。

彼女は長いこと心の中で葬式にも出ない薄情な私。

お墓にもお参り出来ない薄情な私。

私は一体文夫さんの何だろうと問い続けた。

苦しい一年であったが母は文夫の事について何も伝える事をしなかった。

貴子は潰される思いをじっと耐えた。

戦争は深刻になって来た。

貴子は学校では事たてず静かに過ごした。

母は「貴子さん、貴方の結婚は若松の文夫さんの家庭と違って正反対の家庭に行くよ」と恐しい言葉を言った。

貴子は母の非常な言葉を潰れる思いで胸におさめ忘れなかった。

貴子の離婚後母はしみじみ母の半生を語った。

母は大店の息子と式を挙げた。

盛宴の後床入りに奥の部屋に入ると、襖を開けて幼い男の子が「お母さん」と歩み寄った。想定外の環境の激変になぜか彼女は母を亡くした幼い頃の淋しい悲しい思い母を恋う空虚な事柄が次々浮かび上がった。私はこの子のお母さんの様に育てられない。母は継母から何も習わなかった。

継母も幼い時父母の死にあい母から手を取って暖かく日常の生活を教えて戴く、いや常識を教えて戴く時間がなかったのである。

継母は唯夫の意向を幼い母に伝えていただけである。

黒砂糖の件もあるので二度と幼い貴子の母を失望させぬ様に控えめで祖父の側を離れな

かった。

勿論子供に伝える母の教えは皆無である。

母親の教えを知らぬ継母を責めても酷である。

この様に二代に亘って母の温もりを知らぬ女性が更に母を慕う男の子に接する恐しさを母は膚に感じた。「ご免なさい、私はこの子を暖かく育てる自信がない」運命であると言えばそれまでであるが何とか運命を打開したいと瞬間的に動いた。

私と同じく夫は初婚と思っていたのに。

私に何の話もなかった。

大人達は私を騙して、父は承知していたのだろうかと目の前がくらくらしながら咄嗟に父が持たして下さった持参金の手提げをつかみ、長い廊下を走り大店から町中に出て人力車を呼びとめ幌をかけ家路を急がせた。

彼女の心は早鐘の鳴りつづける緊急の連続である。

祖父は仲人口を信じて娘の悲劇を目のあたり見てさぞ無念を感じた事であろう。

祖父は娘に一言も言葉をはさまなかった。

そして祖父は贖罪《しょくざい》の様に辛い思いをさせた娘に一生に亘って家を建てたり金銭を補い続

けた。晩年の祖父は毎朝貴子に朝刊の銘柄六品を読み上げさせグラフを作るのを日課としていた。

祖父は日米の開戦数年前に逝去し、母に遺産として家二軒分の金額と幼年校生の弟に預金通帳を遺した。

祖父は晩年建てた三軒の内、表通りに面する伯父夫婦の大きな二階屋の後ろに小ぶりの二階建ての一つに祖父夫婦が静かに暮らし、残りの一軒は呉服屋の番頭の妾が入った。祖父達は番頭のご家族の入居と思ったのに越して来たのは黒々した山出しの大人しい若い女性で、人の事に介入するのを嫌う祖父はどうしたものかと思案していた。

低学年の弟が祖父の家に遊びにいって新築の床柱に黒々と鉛筆で漫画「のらくろ」を塗り込めたので、家の価値が半減したと祖父を嘆かせたのもこの頃である。

下　駄

その年も暑かった。その日は家ではモンペを脱いでスカートでいた。

玄関も家の廊下の鍵もはずし、いつでも空襲の度直ぐ庭の防空壕に飛び込める様にしていた。

貴子は勉強部屋から居間に来た時、見慣れぬ中年の小母さんが白い割烹着に下駄ばきのままズカズカ廊下を通り座敷の奥の押入れに入った。

貴子を見ても無言のまま挨拶もない。

なんて無礼な、と貴子の感情は高まった。

貴子は急いで台所の母に「見知らぬ女が挨拶もなく下駄ばきで座敷の押入れに入ったよ」と告げた。

自尊心の強い母はムッとしたのか急いで座敷の方に行こうとした瞬間ダダダダーと激しく物を射る連打の金属の衝撃音がつづく。

グラマン機の低空射撃である。

北の筑後川の方向から南の家並みに添っている。勿論我が家はその道沿いである。

貴子も母も居間の押入れに飛び込んだ。

ダダダダの金属音は長く続いた。いやそのように貴子はお腹の底から感じた。

胃も腸もでんぐり返って、居ても立っても居られぬ恐怖が込みあげて来た。

逃げたい。この部屋にいても避難は充分ではない。玄関から飛びだして逃げたいと貴子は押入れの中で繰り返し思った。

兵隊達が戦場で身の丈程深い蛸壷にいても、不安で飛び出て飛行機の機銃に射殺される話を聞いているのに貴子も同じ衝動を覚えた。貴子は動けぬ体を更に固くした。

爆音は遠ざかったが貴子達は押入れから出なかった。次に又後続のグラマン機が襲来するのではないかと危惧したからである。

しばらく時間を経て彼女達は押入れを出て直ぐ座敷に走った。

押入れは空っぽで白のエプロンをした小母さんはいなかった。

挨拶も出来ず急遽グラマン機の奇襲も告げず自分だけ助かりたい為、下駄ばきのまま他人の家の座敷の押入れに入って身の危険を一人逃れようとした礼節のない女性を心の中で許さなかった。

今でもこの危機とも、令和の今考えるとパロディともとれる一事を忘れない。

ラジオは毎日戦局を伝えた。

余りにも色々重なり考えの及ばぬ或る日、久留米市軍都は半日の空襲で広い範囲の街が灰になった。

貴子の二十才の夏である。

空　襲

貴子は空襲の一日を書けずに、何十年も苦しみ過ごした。これが本音である。

戦争が激化し広島の新爆弾が投下されて、空襲の度書類を軍需工場の大きな金庫に入れていたのが、惨状の広島を見学にいった重役や幹部の言により、何もしなくてよい急いで避難するようにとの説明があり、その後の空襲には急いで工場の裏の久大線の線路の両土手に皆避難した。新爆弾がどの様に作用するのか皆想像出来なかったのである。

原爆の落ちた広島の惨状を見学した重役や幹部はありのままの惨状を告げなかった。あの広範囲の惨状ではどこにいても助からぬと悟ったからである。いや箝口令《かんこうれい》が敷かれたのではないか。

この日も十時頃久大線の土手や工場の裏の樹木の下に空襲避難した。

青々とした手入の行き届いた広い畑をはさみ遠くに見える本町のアスファルトの大通り

に連なる小さく見える家々が突然黒い煙を上げた。

煙は一列に黒いカーテンを広げたように始めは十糎《センチ》次に四十糎一メートルとずんずん黒煙が空に昇り、ついには太陽を包み消し黒い暗黒の市街となった。

飛行機の爆音も聞えない、騒ぐ人声もしない、これが空襲、貴子は自分を疑った、貴子は二十才である。

無音の中での空襲である。

貴子は何度も自分の耳を疑ったが人の声も爆音も聞えなかった。

小さく見える本町の方から畠を伝って、夏布団を被った女性が一人夢遊病者の様にたどりついた。避難者はまばらに三人ほどで誰も声をあげなかった。

周辺の女性達はあわただしく避難者の介護を始めた。

数時間ののち貴子達は空襲の騒ぎも聞かぬ夕方帰宅する為工場の門に歩み寄った。

門の外は二階屋の続く町並みが無いのである。門から広々した平地が遠い東の山麓まで続いているのである。

家々は焼失し、どこまでも白灰に覆われた平地が続いているのである。

元来この地には小学校が数校、商店街、映画館、芝居小屋、街路樹、庭木、家々も焼失しどこまでも平地で処々セメントの流し台と水道管が立ち上がっていた。

人影もなかった。人々はどの様に避難されたのだろうか。

広い平地の中に東と北に二本大通りがある。

周囲の変容に貴子は幾度も家路の道をたしかめた。

平地は全面薄っすらと白灰が被っている。

貴子は女学校の同級生だった信子と家路を急いだが両側の平地の薄っすらの白い灰がピンク色になるのである。貴子達二人の動きに風を呼ぶのか白灰の平地の下からピンクの炎が浮き出るのである。

熱い。熱い。モンペの二人は脛《すね》の皮膚も顔もヒリヒリして動けなくなった。家まで後《あと》半分の道のりで二人共道の半ばでうずくまった。

「家に帰る」と信子は言った。そうだ「家」だ。貴子も立ち上がって歩き始めた。熱い熱い。吐く息も貴子達も熱で消されている様である。貴子達は盲目的に足早に歩いた。

道路の下り坂になると筑後川の川風が吹いて歩きやすくなった。

信子の家の近くに来た。本当は信子の家のあった地点に来た。

家並みもない。勿論信子の二階家は焼失していた。

貴子は慰める言葉が出なかった。言えたのは「うちにおいで」との言葉である。とにかく信子の心を安定させる事である。

「うん有難う。若しもの事があったら家族の集まる場所を決めてあるのでそこに行くよ。皆が心配するのでこのまま行くわ」

「そう。では明日会社で会いましょうね」と二人は別れた。信子さんは貴子の前では泣かなかった。信子さんは強いのねと貴子は複雑な思いで考えた。

貴子と信子が再会したのはそれから十年後の治安のゆき届いた後年、女学校の同窓会の席上であった。彼女は結婚していた。

貴子は急いで家路をたどった。

公会堂の屋根は焼失していた。前の尋常高等学校も焼失している。

でも貴子の家を含め三軒の家は免れていた。家の庭には七十糎位の細長い鋼鉄の容器が庭に四本落ちていた。焼夷弾の抜け殻である。

貴子はすぐ筑後川の土手に行った。

母は高りゃんの混じったお握りを籠に入れて消防署員の群のそばにいた。

焼失した公会堂の道路沿いの図書館、警察署、市役所、商工会議所、街中でポツンと焼夷弾を免れたコンクリート建のデパート、二つの靴軍需工場、十二師団、兵舎と市の四隅の家並、学校は南筑、明善校中学、昭和女学校、久留米女学校、久留米高専、久留米医専と久留米駅が顕在である。

寺町も焼夷弾をまぬがれた。

八月十一日、二百十四名の死者である。どの様な思いで亡くなられたかと思うとこの日を想念の度非戦闘員である市民を殺す戦争のむごさを噛みしめるのである。

空襲の日市外にいた者として書くことの難しさを今も感じる。

空襲で焼失した夜は外に出ても蚊の群れは無く、街は夜も暖かく土から明るいものが焼失した広い街中から見えた。

家を焼失された人々とは会わなかった。

皆さん何処に避難されたのだろう。

敗戦

戦況は少しずつ悪くなった。

日本の大船団が南方で沈められたり、敵が飛行機多数で日本の数隻の軍艦を沈めたとの大本営の発表で、貴子は国の存亡を考えざるをえなくなった。

乗船されている軍人軍属の多くの方々がお亡くなりになったのである。

この頃はラジオの大本営発表の度貴子は途中で耳を塞ぎたいと思った。

貴子は、ラジオの速報で戦争の難しさが身に染みたのである。

日本の軍人も色々多方面にお考えの筈である。智恵くらべであるが何よりも物資の豊富な国が勝つのである。

日本の国内の日常品も枯渇している現在、目をつぶりたい或る日、ラジオの大本営発表から重大発表があるので国民はラジオを聞くようにとの伝達があった。

貴子は軍需工場の同僚達と並んで聞いた。

敗戦の詔勅である。

貴子は足元から崩れゆく思いであった。

多くの戦場の兵隊達は大丈夫だったろうか。
いつ帰還が出来るだろうか。
天皇様は大丈夫だろうか、又皇室の存続はとか、走馬燈の様に色々と考えが浮かんだ。
国は残るであろうか。
他県に家財道具を疎開しているので呼び戻さねばとか、身近の事も考え始めた。
近年にない考えである。
電灯に巻きつけた黒い布も外すぞ。なんと室内の広く見える事か。
貴子はモンペを脱いだ。爽やかな夏の風が足元を吹き抜ける。
本当になにもかにも肩の荷の下りた事か、でも重大の事は国が敗けた事である。
それは必然的に敗戦の賠償として金額と信用を得る為の贖罪である。
それは何十年も苦しみとして敗者として身に染みたのである。

スカート

敗戦になった。

戦いの枠をはずされた全国の人々はどうしているのだろう。

貴子の家は戦火にあわず家財道具も母姉達もまだ帰ってこない。

何処からか進駐軍の婦女子の暴行の噂が流布して一日貴子は市の東の山村に避難したが、樹々に囲まれた家にいても無意味を感じ、又市街に下りて来た。

青春の貴子は朝からスカートにして素足の軽やかさを強く感じた。

近くの金文堂前の骨董店の飾り窓の青磁の壺を見て金文堂に寄ろう。

貴子は身軽く靴をはき、爽やかな夏風の中を歩いた。

骨董店も金文堂も戸を閉ざしていた。この家の前方は広い焼け跡である。

貴子はしかたなく後もどりした。

市役所の正面近くまで来ると、後ろから軽金属のキャラキャラとした連続音とサクサクと軽い規則的な靴音が続く。

貴子は無意識に後ろを振り向くと小型の戦車を先頭に米兵の小隊が貴子の後に迫ってい

る。何処から出て来たのだろう。

足の長い米兵はすぐ貴子を追い越し、市役所と警察署、商工会議所の三叉路の広場に短い銃身を三台ずつ組み合わせて整列した。

早いのである。

将校は市役所の正面入口の道路をはさむ広場の台に上り早口で喋り出した。命令である。貴子達が教室で学んだ発音と違い理解できなかった。

貴子はこの米兵の隊から逃げなかった。

先頭を歩いていた貴子は必然隊の正面に一人立って、隊長の通達の間顔を上に向けて直立不動で勝者を迎えた。敗者であっても我が国も貴子も礼儀は持っていると示したかった。

貴子の脳裡をかすめたのは「魏志倭人伝」である。

それによると中国の兵が倭国に上陸し旗をひるがえしラッパを吹いて丈高い草の道を行進していると、前を歩いていた倭人が無言のまま道側の丈高い草群に隠れたとある。

貴子はそれは二千年前の話である。私達は教育を受けた者として敵が無害であればそれ相応の態度を取るべきであると貴子の脳裡はその様に動いた。

左を見ると警察署である。市民の安泰をしなければならぬのに署員も見えず沈黙している。後ろの市役所はまだ終了前の筈なのに市長も職員も出てこない。休みだったのだろうか。

貴子は右を見た。道筋の隅に日本人の壮年が二人貴子と同じく直立で隊の方を向いてい

る。一応見物ではなく礼儀として接していられる。

貴子はその時イプセンの戯曲の一つだったのか別の本だったのか、混濁して作者を思い出せぬが次のような本の記憶がある。

「昔々南西のアラブ大陸で二国が戦い敗れた太公が大勢の女性を連れ、進駐して来た敵国の兵を国境で迎えた。

太公は大声で進駐して来た兵に向けて「勝敗は時の運である。今我々は勝者の隣国の兵を迎えた。私がここに連れて来た女性達は貴殿と戦って死亡し或いは捕虜になった兵の母と女房達である。どうぞこの女性達をこれ以上悲しませない様に治安をして戴きたい」

太公は豊かな体で精一杯の表現をした。

後に太公は斬首された。」

貴子は脳裡を巡らしている時、隊長の通達はすでに終わり兵士達は銃を一人一人取り上げている。次の行動に移行しているようだ。

道筋の右の二人の日本人もいない。

貴子は無言のまま大股で警察署前の行き止まりT字路に向かった。

心臓が早鐘の様にドキドキする。走るわけにはいかない。兵に捕まっては万事休すである。複雑な気持ちで懸命に歩いた。

警察署から公会堂の道筋に出た時初めて後ろを振り向いた。

市役所の建物の隅から見える広場も通りにも進駐兵の姿は無かった。

あの進駐兵はどこに行ったのだろう。

植民地

戦争と言えば貴子にとって身近な事件である。

植民地を広げようとした陸軍は、昭和六年貴子が小学校へ入学した年に満州事変を勃発し、更に女学校卒業頃には戦争が拡大し広島、長崎の原爆投下により昭和二十年日本降伏までの長きに及び、その間国際連盟脱退、二・二六事件、ノモンハン事件、日本降伏は国民の疲弊と共に終了した。

国土の戦火の惨状は目を覆うもので、世界の信用を元へ回復するには何十年もの暗い穴を通って現在に至ったのである。

戦後四年極東軍事裁判は終了した。

その間内地の国民も帰還した将兵も口を閉ざした。

軍事裁判を行った外国の大国はこの度の日本の軍隊と同じく、何百年の昔他国に植民地を広げ富を収奪していたのである。

これは不問とされた。

侵略を防御する戦い

貴子は戦争に対して固執した注文を持っている。国の存続を心配しているからである。

首相は戦争するに当たって
①相手国の人口、産業、地下資源、教育、精鋭機器等を周知する事

②開戦したら短く戦争の終結を図る機会を逃さぬよう常に考えるべきである。

軍人は

①政治家の意見を尊重すべきである。

②戦略は何通りも多岐に亘って研究すべきである。作戦に敗退した将校に挽回を与えてはいけない、責任を感じ視野が狭くなり、更に死傷者が多数出ないとも限らない、それよりも、新たな人の戦略を採用した方がすぐれている。

③兵には精鋭機器を持たせ、取り扱いを習熟すべきである。ノモンハン事件は日本の劣兵器の故の敗退である。

日本が惨敗し領土は縮少し、国という骨格を持ちながら平和の名の下で軍隊がいないのである。建国、立国には軍隊が基本である。

各国、隣国はこの日本の豊穣な田畑、豊かな海と港を狙っているのである。日本民族を寒冷な土地に大移動させればすむ事と敵は考えているだろう。

国を追われた民族が地球の上にも何箇所もある。クルド人。ミャンマーのロヒンギャ難民、ヨーロッパの流浪の民である。

ユダヤが最たるもので放浪の末、一九四八年血の滲む思いで故地、パレスチナの地にイスラエル共和国を作った。

王国滅亡後全世界に散在し活躍し第二次大戦後の建国である。

復国するまで何千年の長きにわたり学問、宗教、芸術、経済を世界の頂点に導いた国民の努力と第二次世界大戦の多大な犠牲者で建国が出来た。

一度国を手放すと他国の生活では法律の保護を持たない民族は哀れである。

銘記すべきである。

永い人生である。自身を磨くことも世界を見聞する事も大切である。

「自由」の憾《うら》みは義務と責任がある。

M医大

敗戦後の若い貴子達には大正時代の様な謳歌すべき青春は微塵も許されなかった。

敗戦により伝統も生活信条も消し飛んで暗い長い年月が動いていった。

敗戦の動乱の時代に品性ある人又はグループに接した時の感動は忘れられるものではな

い。

敗戦直後M医大附属病院の薬局に初めて出勤した日に、薬の文献の事で見えられた短歌会「宙《そら》」を主宰される来島雷鳥内科助教授と初対面した。助教授は上級生を介して短歌を勧められ、作文、文芸に疎《うと》い貴子は上級生を頼りに参加した。

メンバーは医学部の各科の教授、助教授、医局員、インター生、医学生と女性は薬局の十名近くの職員の中の三名だけで会毎に礼儀と節度とウイットがあった。

主宰は四国の出で俳句王国で、文芸の転回、方向、表現を身に染みつけられているのか威を借りる事なく自然体で表現を的確に助成され、句の主体を損なわず、て、に、を、はの置き方を変える事で的確に表現出来る事を提案し、数ある句で丁寧に教えて戴いた。

文芸の楽しさが皆にも解るのである。

人が発表した表現、言葉を真似しない事、自分の生活言葉で表現する事、自分なりの言葉を発見する事を常に問いかけられた。

斎藤茂吉、土屋文明の時代である。

グループは礼節の中で進行した。

臨床並びに研究に臨まれている教授や先生方は視野も広く人の機微も御存じで、短歌に重みがあった。

歌会での先生方の会話に教えて戴く納得出来る会話が多々あった。

生活経験の少ない貴子には今のところ鳥や花の表現に没頭し、貴子は内心感動を折りまぜる表現の難しさを味わった。

外部は日本の敗戦による東京での極東軍事裁判が履行され、重苦しい世情の中での短歌の活動がややもすれば押しつぶされそうな雰囲気に、我が国は四等国になり下がったので、俳句も短歌も世界から認められず消えて失くなるのではないかと若い医局員、医学生と黄色い飾り灯火の喫茶店に集まって三人で討論しあった。青春である。

巷では解体された軍の倉庫の砂糖をトラックに満載して持ち去ったとか、罐詰をトラック一杯積んで逃げ去ったとの噂の飛び交うご時世である。

耳をふさぎたい敗戦の色々の雑音の中で医学部の教授達の品性に接した。

そのような時室園学長が学舎の別棟から病院に来られ、廊下でお会いする度貴子を手招きされて、貴子の指を見て爪談義、臍談義をされ貴子の健康を気遣って戴き大変恐縮した。白衣の学長は達磨の様な豊かな体で包む様に貴子にお話をされるのである。

廊下には医局員、職員、患者が行き交いしているのに、時間はゆっくり二人を包んだ。

敗戦の余波A

敗戦後解体された陸軍幼年学校から帰宅した弟は、福岡高等学校（今の九州大学教養学部）に入学し、黒のマント、高下駄、学帽にテカテカ油を塗り汽車通学をしていたが、途中で福岡に下宿した。

或る晴れた日曜、貴子は弟の下宿先に挨拶に行った。海に近い老松のまばらに点在している農家の一つを訪問した。

弟の書いた地図をたよりに離れの家屋である。

南向きの部屋は壁も畳も新しく新居の様で、正面の違い棚は金地に大和絵が美しく描かれ、唯一の家具は一文字に横巾の広い上品な黒漆の衣桁が置かれ、農家と聞いていたので貴子は奇異に感じた。

綺麗な部屋の南側のお縁にそぐわぬ火七輪は弟が持ち込んだ物である。

恥ずかしくて申し訳なくてお部屋を汚しはしないかと危惧している処へ、白髪の長身の老人が挨拶かたがた現れた。

お百姓とは思えぬ雰囲気で、書物も事務歴もおありの様で紳士的であった。

主《あるじ》は全身笑みをたたえていられた。

暖かいこの家の主の広い心に接し短い年月ではあったが、弟の一番気のおけない学生生活を味わったと思う。

貴子の訪問している間弟は不在であった。

後日弟の話では、ご主人は初代の福岡市長のご遺族で戦後進駐軍による農地解放で広い農地を保有されるご家族が前職を投げ打ってやむなく農業をされたようである。

更にこの家の主人が農地の一部を売却されたのを聞きつけた各銀行員が、ピカピカの革靴で耕土にズカズカ入り銀行預金の勧誘にこられ困られたと弟が笑っていた。

弟は九大の上級生と共に国難に対抗した日蓮の教義を研究し始めた。

敗戦の余波B

そう言えば陸軍幼年学校生の時、腸捻転の報で汽車の切符が思う様に買えぬ戦時下に両親は九州から大阪に向かった。

丁度陸軍病院は大掃除の最中であったが、総婦長が薄茶をたてて両親をねぎらって下さった。

又弟の入院中は陸軍幼年学校長が毎日帰宅時に弟を見舞い下さり、総婦長始め看護婦達も校長のご子息と思われていたとの後日談がある。

幼年学校の高学年になると東京の学校に移転した。

親類のいない東京の身元引受人は実業家のA氏が立たれた。

休暇になると弟はA氏の邸宅をよりどころにするのであるが、目八分に茶菓子を捧げて若い女中さんが接待されるので、弟としては恥ずかしい面映ゆい一事であったと思う。

この家には東大出のご長男が海軍将校として出征され、妹さんが一人いられたと聞いていた。

戦時中ご長男は軍艦の沈没と共に戦死され、その後ご両親も亡くなられた戦後数十年経た或る日、貴子はテレビで多くの西洋人形に囲まれた一婦人のインタビューの映像を見た。

弟から聞いたお名前と婦人の語るご家族の構成も同じで、弟がお世話になった実業家の令嬢であった。

一人残され人形と共に生活される婦人は未来を考えていられぬ様である。

薄暗い瀟洒な部屋の長椅子に坐られている憔悴の婦人に貴子は思わず抱きしめたい衝動にかられた。

元気を出して、世界は動いているのですよ。勇気を出して人形の館から歩み出るのですよと祈らずにはいられなかった。

数少ない一流の音楽家、バレエ、歌舞伎、能に目を転じ動きに接すると、貴方の忘れられた感覚がよみがえるのです。自立するのですよ、貴方の未来を築くのですよ、お手伝いしましょうか、人形も動いてくれますよ。

抱きしめたいと思う婦人がもう一人いた。

敗戦の余波C

それは正月三日を過ぎた或る日、M医大学薬局長ご夫妻と薬局の職員の大勢で大宰府に参拝した。

境内の楠の葉に白い雪が少し残るだけの底冷えのする寒い日である。

一同が参拝後大鳥居の傍で食事にいこうか、梅ヶ枝餅や参道の店を覗きたいとの希望も出て時間をつぶしている処へ、室園学長が美しい妙麗の婦人と学童の三人で近づいて来られ、薬局長ご夫妻と挨拶を交わされたので職員もそれぞれご挨拶をした。

思わぬ職員の群れに学長は戸惑いを感じられた様で、先を急ぐからと婦人学童と三人社殿の方に遠ざかられた。

オーバーを召して達磨の様な学長の肩に束髪の頭をよせ、着物姿の婦人と学生帽にサージの詰襟、革靴の少年の無言の姿に思わず涙が出た。なぜだろう悲しさが婦人の後姿にただよっていたのを貴子は見逃さなかった。

薬局長は「お嬢さんの御主君が海軍軍医で終戦間際軍艦の沈没により共に戦死され、学長はお嬢さんの心が開かぬのを心配されていられる」と説明された。

貴子は見逃さなかった。

美しく悲しい陰が婦人、少年からただよっていたのを。

貴子は年上のこの婦人と一緒に行動したいと思った。自立して下さい、お子様のために。

悲しみにひたる母親に毅然として無言のままぴったりとより添って歩まれる少年の心はどんなものだろうと貴子は涙があふれる思いであった。

高等教育をされたこの女性は人を教える基本をお持ちの筈である。自立し自制し子供の母親として世の中に立ち向かう力をお持ちの筈でありお出来になれる筈ですと心から願った。

その反面戦死されたご夫君の人となりの大きさが判るのである。

貴子は立ち止まった。

これは父君学長とお嬢さんの心と心の問題で他の人が入るべきではない。

貴子は推考したうえこの事より離れてお三方の幸せを心から祈った。

純粋であるが故に貴子はこの人達を失いたくないと強く思った。

ほどなくして、室園学長は「家庭の都合により」との辞表を提出され任期半ばで退職された。

令嬢の苦しみを見逃す事が出来なかったのであろう。

最愛の夫、暖かく包んで下さった父親の戦死の悲しみを出征家族達はどんな思いで心の処理をされたであろう。

誰も彼も口を噤んで長い年月を過ごされた。

敗戦後もこの暗黒は何十年も続いた。

国としての信頼を失くしたのである。

日本軍による戦場化された近隣国は、戦火で焦土化した日本にどこからも救いの手をさしのべなかった。

国民は歯をくいしばって戦場より帰還した元兵と共に戦争の汚名を挽回すべく戦後の復興に力をそそぎ、その金額は平和の名の下に世界にばらまかれ、国民の手には一人一人の働いた分の金額しか残されなかった。

吟行

敗戦の三年目の年、郊外へ吟行が行なわれた。久住の坊ガツルである。

主宰始め数名の医局員、インター生、医学生と薬局職員二名の一団は皆健脚である。

その日各科の医療を終え午後、久大線の豊後中村に下車し万年山より登った。

月は薄く空に浮かび山頂は一面白い穂のススキの群生がサワサワと風にゆれ、分け入っても分け入ってもススキの白穂が先達の姿を隠してしまう恐ろしさ、光り増しゆく月光にススキの白穂は輝きこの群生に取り残されるのではないかと貴子は一瞬頭をよぎった。

更に広大な秋草におおわれた高原のなだらかな山路をふみ、一団は飯田高原に入り夜遅く法華院に一泊した。

原野の中の法華院は素朴である。

男性達が先ず原野の温泉へ秋の虫のすだく細い道を一列になって出かけ時間を経て帰って来るのが月の光で見えた。

奇異にも皆肩に黒い棒を下げて細い道を帰って来るのである。

近づくと黒い棒はタオルで温泉の硫黄で白いタオルが変色したのである。皆心から笑った。

翌日は坊ガツルで持参した句の批評を戴き清々しい高原で皆で歌曲を合唱した。

下界では各地で労働争議があり、喧噪から離れ、澄みきった碧空に心の毒気を抜かれた様な無機の状態でこの中から何かが生まれる様な躍動を貴子は感じて大切なものを一瞬つかんだ様に感じた。

一行は夜遅く山麓の駅に到着し先生の交渉で貨車に分乗した。

貨車の扉の隙間より月の光は一滌に流れ貴子の掌の梅鉢草の花瓣《かべん》がほのかに白く浮かん

でいた。

口では言えぬもの

一度断ったのに、弟嫁の父親である仲人は、ご近所に問い合わせればみな親切に教えてくれる非情な家庭を、人を介して貴子に強いた。

よその家庭に入りびたり我が子を可愛く育てる時間すらもたぬ夫、家庭を作れぬ夫と姑は公平さの欠けた母親で、助けを求めても仲人は一度も心配して姿を見せる事もなかった。

異状である。否、仲人は亡き産婦人科医の息子の遺産を巡って孫のいる嫁を追い出そうと法廷に持ち出し敗訴していた。

貴子は実母の「辛抱おし」の一言で十二年間涙を流した。

幸い見かねた近所の方々、夫の学友の御夫妻達、夫の就職先の教師夫妻達、ＰＴＡの役員をしていたので子供の小学校のＰＴＡの副会長、最後は姑の唯一の友である老女が傷ついた貴子の手をひいて、老女の信仰する長崎で有名なお地蔵様に仕える老尼の言葉に将来を託し離婚を決意した。

皆の理性で陰に陽に勇気付けて戴き、長崎の家裁始まって以来二人の男の子を全部引き取ることが出来た。

貴子はこの方々に深々と感謝している。

貴子はかつてのM医大学附属病院薬局の同僚御夫妻の世話でB医師会に就職した。

建設間もない新館はまだ建設業者、付設品の取り付け等など人の出入りの多いなか、医師会館は外観は調いつつあった。

採用されたのは二人の女性である。

一人は事務の貴子と住み込みの夫妻である。夫は会社員で妻が採用された。

事業所設定の書類を法務局に提出して医師会は出発した。

貴子が受け持つ会計は少しずつ動き、同時に准看護学校併設出願の準備を始めた。

或る日貴子は咳が止まらぬのでM医大学附属病院でひと通りの検査を終え結果を待つ間喫茶室の椅子に腰を下ろした。病院は終戦後医専、医大、次に現在は多学部の現存するM医大学と改名されていた。

陽射しする窓辺から患者さんやその家族と話しながら年を召された総看護婦長が近づい

てこられる。

「懐かしいな」と貴子は眺めていると、近よって来られた総看護婦長が「薬局にいた貴子さんでしょう。今何をしているの」と聞かれた。

貴子はB市の医師会に就職して唯今准看の併設出願の準備をしている旨を説明した。

「実習病院は決まったの。まだ決まっていなければM医大学附属病院においで。全面的に応援するから」と言われ暫く話をされて歩み去られた。

辛い結婚生活を過ごしたので暖かいものが込み上がった。

医師会に戻ると医師会長が国立療養所長とお話をされている。

次なる実習病院にと目論んでいられるようで、M医大学附属病院の総看護婦長の申し出を伝える事によって会長が板挟みになられる事を恐れ総看護婦長の申し出を進言できずにいた。

看護学生にとって良かったのか、悪かったのか、それに身近に医学生と看護学生との恋愛問題で医者の御両親の悩み等を考慮すると、これでよかったのだろうと一人胸の中で自問した。

医師会は開業医の集まりで一国一城の主であるが、皆和やかで協力的である。先生方はご自分の診療時間を割いて我が校の看護学生の講義を行い、医師会の行事は常に精彩があった。

年一回のバス旅行に一同が乗られると、普通の方々の集団とは違い重厚さがある。

その雰囲気に圧倒されたのか、若いバスガイドさんが貴子に近寄り「唄っていいですか、どうしましょうか」と声をかけた。

「そーね、先生方は診療されて急いで来られたので、音楽にしてください。レコードはありますか」

「はい、用意しています」と言って、ブラームスの「田園」をかけた。

このようなバスは初めてなので、先生方も静かに沈黙された。

旅行の宴会場ではいつも酒のお酌に土地の姐さんを二十数名お願いする。

ある旅行に美しい女医さんが着物で出席された。会席に座している老医師が、若い女医さんに
「そこに座っていないで、お酌して回らないのか」と声をかけられた。

女医さんは顔を赤くされている。

そばに座っている貴子は「女医さんですよ」と小声で教えたので、老医師は「申し訳な

い」と恐縮された。

酒が入ると先生方は医学生のようになり楽しそうである。酔っても品性がおありで、貴子が二十年近くいたのもこの一時である。

毎年看護学生が卒業し新たに入学生が入ってくる。医師会は、人の出入りが激しいが、職員は常に温かく迎えた。

立つ鳥

貴子が八十三才の時長男が再就職のため長野の転居に同行した。

移転に貴子は期待をこめ楽しみにしていた。

「中仙道は山の中である」と書いた島崎藤村の山の中の生家、本陣、馬籠、妻籠、塗物類等、貴子は家族と共に数回旅行している。

移転の荷物は賑やかな明るい若い男女のスタッフで構成された三ツ葉運送にたのみ、大世帯は無事長野の借家におさまった。

移転後貴子は長野の郷の老人クラブに入会し短歌、染色、手芸、歌唱、近郷の日帰り旅行と満喫した。

日帰り旅行は松本城、お城近くの名物蕎麦を食し、温泉、無言館、北向観音と巡った。

秋の無言館の山路は真赤な紅葉の葉がザックリと降り積もり見事である。

この度の敗戦で戦死された若い美大生達の遺作品を集めた館内は静かであった。

いや無言すぎるのである。

どの遺作品を見ても亡き美大生達は我が国の敗戦を認識されえたのか、どの作品も黒の油絵の具を基調として表現されていた。

貴子は淋しいと心の中で叫んだ。

館の美大生達も淋しく苦悩されている。

ゴッホもシャガールも自身の時間に青空があった。

この館の美大生達には自身の時間に青空がない。

なぜ思いきって柿の赤、菜の花の黄、やわらかな若葉の色、野山に点在する桜の花の色を力強く画面一杯書きなぐられたらいいのに。

外の学部の方々は大学で専門を習得し社会に出て就職先の専門と共益を得る為活躍され

るのであるが、美大を卒業してもそれは美術の入門で、自分なりの線の引き方、独特の色の構成にはその方の長い一生、人生の道程で作り出され、軽妙なタッチ又は重厚さが皆の心に訴えるのである。

美大の方々は「私には時間が無い、神様私に時間を下さい」と願われた事であろう。

美大生達は先人の防人の歌を熟知されている筈だ。

この美しい国土を守る為父母のいます四季豊かな国を守る為、大和民族の永遠の為、幻を追うのではなく現実を再現する為絵筆を折って出兵されたのである。

どんなに絵で表現できないものかと悔やまれたことか。

心を解放出来ないままの美大生の短い一生を貴子は尊くそして美しく心に刻み悲しんだ。

長野は短歌王国である。

余り短歌について見聞を広げなかった貴子が長野の老人クラブに於いて、全国誌短歌『黎明』の保坂恒彦先生が見えられ短歌の真髄を濃《こま》やかに述べられたのである。

貴子は驚き月刊紙の部厚い頁の一人一人の短歌を読み始めた。

水準の高い表現で皆生き生きしている。

長野の人々は農業をされていても短歌、音楽と老令の身でも賢く、知性を磨かれていた。

老人クラブの会員を指導される館長は才気溢れる老教育者で、丸々した助手も、それに呼応して鮮やかに対処され、授業時間はいつも楽しく過ごした。

長野は高原の田舎であるが音楽の普及は驚くべきで、高原の田園にポツンと建つ大きな公会堂に夕ぐれになると農家の祖父、祖母、孫、夫婦の各家族が、蜘蛛の子を散らす様に車から降りて公会堂を満たした。

当夜の舞台はフランス式で建具の配置も垢抜けていて、数本の白亜の太い円柱の向きが変わるごとに舞台は展開するのである。フロックコートを着た男子の群れ、踊り子の群舞で大掛りの椿姫は貴子の読んだ作者の記述通りに進行していった。

オペラは幾つも見たが長野の椿姫で初めてオペラの醍醐味を満喫した。

その外バイオリンの巨匠等幾度も松本まで出かけ、九州にはなぜこの様な音楽家を呼べないのかと思った。

その都度貴子は嫁の運転で真暗な高原の長い長いリンゴ畑を通り抜けて帰宅した。

帰郷直前に貴子は村の公民館で手芸の籠を編み上げて気が遠くなった。

一度は窓辺に坐して気を静め、少し気分が良くなったので授業の終了後階段近くに歩みよった。

それから貴子の記憶は皆無である。

後で皆の話しを総合すると貴子はコンクリートの七つの階段の上から丸くなって転がり中継ぎの踊り場に倒れ込んだのを、会の一人が懸命に名前を呼んで蘇生を促して下さった。

貴子はその方の事を思うと常に申し訳なくて慚愧《ざんき》の念にかられる。

お名前も住所も記録していない。

今どうしていられるかしら。

その時は救急車で村の病院に搬送されレントゲンで無傷であると診断された。

でも翌日から指先に触れる物すべて電気が走るような痛みと共に、足も立てないので一月余り入院しどうにか歩けるようになった。

退院日に高熱が出て更に一週間先き延ばしして やっと帰宅した。

四年間楽しく暮らした長野を息子の退職で帰郷するため、家財道具の運送に躍進運送を指名した。

さあこれから帰郷への荷造りである。

躍進運送のスタッフは屈強な中年の男性達で滞りなく積荷され鳥栖に搬送される。

やっと荷を送り出して貴子達は、飼い犬のパグ犬と帰路の途中広島の犬の宿泊出来るホテルに一泊して帰郷し、更に鳥栖のホテルに一泊し早朝四年間空白していた我が家を清掃して入居した。

躍進運送に依頼した荷物は出発より二日を経て搬入された。

貴子は体の調子が悪いので再び整形外科に入院しＭＲＩを撮って戴くと、背骨が二ヶ所圧迫骨折しているのが見つかった。

道理で歩く事も物を持つなど長野で出来ないのが納得した。

治療は本格的に行なわれた。

あとがき

後年貴子が七十才の頃、他県の裁判所から呼び出しの部厚い書類が来た。

よくも貴子の住所が判ったものとみえる。

内容は父が死の間際も無念に思っていた、弟と親類で家長が受け継ぐべき土地、家屋、田畑を他県にいる父に無断で売り払った一事である。

その土地が買手に法律的にまだ受納出来ずにいたのである。

貴子はこの機会に父の心情を裁判所に伝えるべく、息子の運転で他県の裁判所におもむいた。

貴子は「父は直接相手に売っていない。この土地は弟と叔父達が父に無断で売った物で、父は被害者である」と裁判官にはっきり伝えた。

これ以外は裁判所では発言していない。

後日裁判所から再び部厚い書類が届き、貴子と外国にいて当日出廷していない人名が明記され、この二人が買い主に土地の権利を承認したと書かれていた。

貴子にとって意外な記載であった。

貴子の名前を使って処理し決裁したあの老年の裁判官、肉付きのよい豊かで正直そうに見えたのに。

「正と悪」承認もしていないのに。

平然と裏を表と裁判官の名の下に裁決した人に初めて出逢った。

顔は忘れてはいない。

祖父三兄弟が実家の番頭の横領を裁判所に告訴しなかったのは、この事である。

裁判官が良心的であるか否かは判らぬのである。

政府が任命した裁判官と信じ、はぐらかされた驚きは数倍である。

平然といいかげんな仕事をする裁判官のいる事は政府の損失である。

長年番頭が横領した代価は曽祖父は家屋敷、醤油の詰まった倉庫、農地で償い、その苦しみは三人の息子の多感な少年期を失望のドン底につき落とした。

曽祖父達の盗難の因縁を思うと仏教で言う六度の因縁の難しさが身にしみた。

「仏様盗難の運から私は逃げたいのですが」と心の中で祈りながら、敗戦を経て更に結束した学友や知人が身内の悩み、外部との金銭の悩みの解決出来ぬまま亡くなられたのを見聞きすると人間の業の深さを感じた。
盗人に罪をゆだねたのである。

離職した貴子に息子夫婦はアメリカ旅行をプレゼントしてくれた。三人の家族旅行である。ディズニーランドでは眼鏡を振り落とさぬように懸命に暗闇の乗物にしがみついていた事で大掛かりな遊園地の機械の前では地位も富豪も一点の駒にすぎない事を思い知らされた。貴子はのびのびとなりこれで次の人生を歩くのだと達観した。グランドキャニオンでは赤褐色の大地・草木一本無い荒涼たる山々が人々に人間は何処から生まれたのか死ぬと何処に行くかと問うているのである。グランドキャニオンでは人間の不安定が如実に出ているのである。小型遊覧飛行機に乗った。小型の飛行機には入口の扉がない事に気付いた。足元の地表が少しずつ変わっていくので前進しているのだと氷った気持ちで眺めていると後席のマスミが吐いた。と同時に前の操縦士が後ろ手にナイロンの袋を投げ芳香剤を噴射した。この動作は一瞬の出来事である。吐いたいやな臭いはしなかった。機敏に動く操縦士は兵隊上がりかな達人を見る思いである。足元は深い深い地の底の緑色の大河に小さい小さい白のモーターボートが走っている。これがアメリカ人の生活である。この赤赫色の地表の先は何があるのであろう。その後も数年内地旅行が続いた。雪や夏の北海道大雪の八甲田山。二十メートルの雪壁の黒部ダム。富山。熱海神宮。名古屋市の徳川美術館。軽井沢。飛騨高山　飛騨古川　網走　富良野　青森　善光寺　松代　松本　塩尻　飯田馬籠　妻籠　諏訪上田　伊勢神宮は修学旅行。長男、二男家族と三回　九州青島　揖宿雲仙　阿蘇　柳川　高千穂　島原　鵜戸八幡宮　宇佐八幡宮　岐阜　京都　東京　大阪。長男が連れてくれた旅行である。それぞれの土地は風土・習慣・歴史・芸術があり人の営みの難しさを受けた。長男は外国旅行もしてくれた。フランス・ドイツ・オランダ・ベルギー四ヶ国の旅行。更にドイツ一週間の旅行。オトギの国と言われ小さな教会が一杯あって大きな白鳥・宝石・大好きなチョコレート・小便小僧・絨毯の有名なベルギーでさえアフリカに植民地を持っているのである。オランダもドイツ・フランスも同じである。繁栄の裏にいろんな醜聞がひかえている。ドレスデンは街全体が芸術で、美術館で見た世界最高の絵画が無造作に隣りの絵と詰めて壁にビッシリ飾られている。マイセンの工場にもいった。日本の周囲は海に囲まれているがヨーロッパの国境は野原だったり山脈等々でいつ外国の兵が侵略するか判らないのである。移民と紛争の多いヨーロッパは切磋琢磨して高度な文化と美術工芸を高め石の建築の街である。永遠・長久を求める人間は何処まで進化させるのだろう。
老令の貴子は色々の外国の旅行をした結果、国の将来は国民に委ねるべきだとの結論に達した。国の周りは海に囲まれている。日本人は敗戦を初めて味わったのである。幾度も敗戦を味わった外国人に負けぬほどの強靭な心を持って、国の将来を築きあげられるよう祈ると心が軽くなり、大好きなスケルツォの曲が頭の中に浮かんでは消えていった。

焼夷弾殻の落ちたる吾が庭の
　シャクナゲの花仄か紅

この戦焼土と化して民《たみ》たみの
　新しき街広がっていく

(長男夫婦とヨーロッパ旅行に於いて)
屋根裏の光り届かぬ展示品
　アンネの自筆苦悩の今を

死を常にアンネが覗みし裏窓よ
語るべからず觸れれば判る

日本語の案内紙もあるアンネの部屋
暗い屋根裏ごとごと歩ゆむ

秋雨のけぶる山荘ポツダムの
スターリンの部屋に敗者の私

ジャガの花色移りつつ草叢に
埋没しゆく昨日も今日も

ブラウスの小さなボタンに海の色
貝の輝き似たるを摘む

著者プロフィール
前山 奈水（まえやま　なみ）

大正14年１月４日生まれ。
昭和16年　福岡県立久留米高等女学校卒
昭和17年　同校専攻科修了
昭和17年　日華ゴム株式会社（～昭和20年）
昭和21年　久留米大学附属病院薬局（～昭和29年）
昭和44年　鳥栖三養基地区医師会（～昭和63年）
昭和63年　古賀内科事務長（～平成３年）
平成６年　鳥栖市広域老人クラブ連合副会長
現在、福岡県立明善高等学校代議員

饒舌な枝たち

2023年８月15日　初版第１刷発行

著　者　前山 奈水
発行者　瓜谷 綱延
発行所　株式会社文芸社
〒160-0022 東京都新宿区新宿1－10－1
電話 03-5369-3060（代表）
03-5369-2299（販売）

印刷所　株式会社晃陽社

ISBN978-4-286-26026-6